COVER DER ORIGINALAUSGABE

1. Auflage
Fireangels Manga
Schäferweg 1, 85221 Dachau

Redaktion: Myriam Denise Engelbrecht
Satz: Sophia Reppe
Titelillustration: Le Peruggine
Umschlaggestaltung: Myriam Denise Engelbrecht
Übersetzung aus dem Englischen: Anne Delseit & Kerstin Bollig

Druck und Verarbeitung:
Opolgraph, SA
ISBN-13 978-3-939309-16-8
ISBN-10 3-939309-16-1

www.fireangels.net

VORWORT

LIEBE LESER,
MIT "WINTER DEMON 2" PRÄSENTIEREN WIR EUCH DEN ZWEITEN BAND DER PHANTASTISCHEN GESCHICHTE UM DEN JUNGEN MÖNCH HAKUIN UND DEN WINTERDÄMON FUYU (DIESMAL AUS DER FEDER DES ITALIENISCHEN ZEICHNER-DUOS "LE PERUGGINE") IN DEUTSCHER ERST-AUSGABE.

NATÜRLICH MÖCHTEN WIR UNBEDINGT WISSEN, WIE EUCH DIESER MANGA GEFALLEN HAT.
SCHICKT UNS EURE ANREGUNGEN UND MEINUNGEN DOCH EINFACH PER EMAIL AN:

MANGA@FIREANGELS.NET

WIR WÜNSCHEN EUCH VIEL SPASS MIT DEN FOLGENDEN 144 SEITEN BOYS LOVE!

EURE FIREANGELS REDAKTION

WAS BISHER GESCHAH...

ALS FEUERDÄMONEN SEIN DORF ANGRIFFEN, HATTE DER MÖNCH HAKUIN KEINE ANDERE WAHL, ALS SICH MIT DEM DÄMON ZU VERBÜNDEN, VON DEM ER EIN JAHR ZUVOR VERGEWALTIGT WORDEN WAR.

ABER DER WINTERDÄMON FUYU KONNTE DEN FEUERDÄMONEN NICHTS ENTGEGENSETZEN UND WURDE SEINERSEITS VON IHREM ANFÜHRER MISSBRAUCHT. DIESE ERFAHRUNG LIESS IHN BEREUEN, WAS ER HAKUIN ANGETAN HATTE.

UM DIE FEUERDÄMONEN ZU BESIEGEN, LIESS HAKUIN FUYU VON DEM PRIESTER SHIDAN EINE WAFFE SCHMIEDEN. SHIDAN ERZÄHLTE HAKUIN AUCH, DASS ER FUYU MIT JEDER BERÜHRUNG LÄUTERN WÜRDE. UND DA FUYU SICH SOGAR UNBEWUSST NACH DIESER REINIGUNG SEHNE, KÖNNE ER VOLLSTÄNDIG GELÄUTERT WERDEN.

NACHDEM SIE DIE FEUERDÄMONEN BESIEGEN KONNTEN, BLIEB HAKUIN WIE VEREINBART BEI FUYU, UM MIT SEINER HILFE GUTES ZU TUN. ALS ERSTES WOLLEN SIE DIE SCHREINDIENERIN KIYOKO ZU EINEM BERÜHMTEN HEILER BRINGEN, UM DAS LICHT IHRES AUGES ZU RETTEN.

FUYU

DER WINTERDÄMON FUYU HAT SICH NIE FÜR JEMAND ANDEREN INTERESSIERT… BIS ER HAKUIN TRAF. AN SEINEM SELBSTSÜCHTIGEN WESEN HAT SICH ZWAR NOCH NICHTS VERÄNDERT, ABER IMMERHIN GIBT ES JETZT EINEN STERBLICHEN, DER IHN DAZU BRINGT, GUTES ZU TUN.

HAKUIN

DER MÖNCH HAKUIN HAT IMMER NOCH NICHT VERARBEITET, WAS FUYU IHM ANGETAN HAT. ABER ER WILL FUYU VERGEBEN, WENN DIESER BEWEIST, DASS ER SICH GEÄNDERT HAT. UND BIS DAHIN NUTZT ER FUYUS LIEBE ZU IHM, UM IHN ZU GUTEN TATEN ZU BEWEGEN.

Winter Demon
Vol. 2

...
WAS IST LOS?
HMM.
KIYOKOS ELTERN SIND TOT. SIE UND IHRE SCHWESTER WURDEN VON DEN MÖNCHEN UNTER-STÜTZT. SIE HAT HART FÜR UNS GEARBEITET UND WAR IMMER SEHR HERZLICH.
MIT DEM KLOSTER HAT SIE IHR ZUHAUSE VERLOREN.
ICH SOLLTE SIE HEIRATEN ...

WAS GLAUBST DU EIGENTLICH, WARUM ICH HIER BIN? AUS PURER FREUND-SCHAFT?
NEIN.
ICH GLAUBE NICHT, DASS DU MEIN FREUND BIST.
DU RESPEKTIERST MICH JA AUCH NICHT ALS DEINEN MEISTER, OBWOHL WIR ES SO VEREIN-BART HATTEN.
ICH LASSE ES MIR BIS ZU EINEM GE-WISSEN PUNKT GEFALLEN, DASS DU MEINE GEFÜHLE AUS-NUTZT, HAKUIN.
ABER ÜBER-TREIB'S NICHT!
WIR SIND EIN PAAR!
SIND WIR NICHT!

SIE IST NI-
gähn
SCHEINT, ALS WÄRE KIYOKO WACH.
W-WAS REDEST DU DA? NATÜRLICH SIND WIR DAS!
GRRR

WEISST DU, WO DER HEILER WOHNT?
ICH WEISS NUR, DASS DIES SEIN DORF IST.
HEY, DU!
FUYU, WAS TUST DU?
WO IST DIESER BERÜHMTE HEILER, DER HIER LEBEN SOLL?
ÄH- ÄHM- I-IHR MEINT HERRN ZENGOSAKU?
JA. IHR AUGE IST VERLETZT.
IHR SEID UMSONST GEKOMMEN. HERR ZENGOSAKU DIENT NUR DEN ADLIGEN.
ER LEBT IM INNERN DER BURG.
WIR WERDEN IHN ENTFÜHREN UND FOLTERN, BIS ER SIE HEILT!
WERDEN WIR NICHT.
...

WARUM TUN WIR DAS? ER WIRD UNS NICHT HELFEN UND DU WILLST NICHT, DASS ICH IHN ZWINGE...
WIR WERDEN MIT IHM VERHAN-DELN.
PAH.
HOHE HERREN, WIR MÖCHTEN DEN HEILER ZENGOSAKU SPRECHEN.
IHR KOMMT VERGEBENS, MÖNCH. DER HEILER DIENT NUR UNSEREM HERRN.
WARTET.
WAS IST DAS FÜR EIN DÄMON?
DAS IST DER EHRENWERTE FUYU - EIN WINTER-DÄMON.
?

CLANG

BITTE, SEID WILL-KOMMEN.

ICH BIN ZENGO-SAKU.
IHR-
ICH HEILE KEINE DORFBE-WOHNER MEHR. ICH DIENE NUR MEINEM HERRN.
...
DER SOHN MEINES HERRN KÄMPFT GEGEN EINE HARTNÄCKIGE KRANKHEIT. ICH MUSS MEINE GANZE KRAFT FÜR SEINE HEILUNG AUF-WENDEN.
LEIDER KANN ICH NUR DAS LEIDEN VON PRINZ NOBORUS KÖRPER LINDERN, ABER NICHT DAS SEINES GEISTES. SEIN LEBENSWILLE WIRD SCHWÄCHER. ER BRAUCHT ZERSTREUUNG.

ABER NICHTS KANN IHN ERFREUEN – AUSSER MAGIE. ICH NEHME AN, IHR BEHERRSCHT SIE?
NICHT FÜR KRANKE BÄLGER.
WENN FUYU IHN GUT UNTERHÄLT, HEILT IHR KIYOKOS AUGE?
BITTE, NEHMT UNSERE GASTFREUNDSCHAFT AN.
ICH WERDE DIE JUNGE DAME IN DREI SITZUNGEN HEILEN, WENN IHR DREI AUFFÜHRUNGEN FÜR MEINEN PRINZEN GEBT.
TRÄUM WEITER ...
NATÜRLICH KANN ICH NICHT ZULASSEN, DASS EIN DÄMON DEN PRINZEN ERSCHRECKT.
IHR WERDET EUCH ALS KABUKI VERKLEIDEN MÜSSEN.
ICH DENK JA NICHT DRAN!
NACHDEM ICH MICH VON EUREN FÄHIGKEITEN ÜBERZEUGT HABE WERDEN WIR EINEN WEG FINDEN, PRINZ NOBORU ZU UNTERHALTEN.
SEID IHR SCHWERHÖRIG?

EHRENWERTER HEILER, ICH KÖNNTE SO ETWAS NIEMALS VON HERRN DÄMON VERLANGEN.
BITTE KRÄNKT IHN NICHT; ER IST EIN GROSSARTIGER UND NOBLER KRIEGER.
EHRENWERTER ZENGOSAKU ...
KÖNNTEN WIR IHRE GASTFREUNDSCHAFT NOCH ETWAS LÄNGER BEANSPRUCHEN? WIR WÜRDEN GERN DARÜBER SCHLAFEN.
ES GIBT NICHTS ZU ÜBERSCHLAFEN!
NATÜRLICH. ICH LASSE DREI ZIMMER VORBEREITEN.
NUR ZWEI, MEIN HERR. ICH SCHLAFE BEI FUYU.
...
MACHT'S DIR WAS AUS, WENN ICH IHN ZWINGE, DICH ZU HEILEN?
SCH!

ER WILL NICHT, DASS DU DICH LÄCHERLICH MACHST. DAS KIND WILL NUR EIN BISSCHEN MAGIE SEHEN.
SPAR DIR DAS.
ER MUSS SCHRECK-LICH LEIDEN...
WAS INTER-ESSIERT MICH DAS?
?
BITTE...
FUYU...
BITTE TU ES FÜR MICH.

DU KANNST MICH NICHT MIT SEX BESTECHEN, HAKUIN.
DER STEHT MIR SOWIESO ZU.
DU-!
ABER ICH NEHME DAS ANGEBOT TROTZDEM AN.
BENIMM DICH!
...?

WAS ZUR HÖLLE IST DAS?
ICH ERLAUBE DIR, MEIN HAAR ZU KÄMMEN.
HAARE KÄMMEN? DAS BIETEST DU MIR AN?!
JA, ICH BIETE ES DIR *HEUTE NACHT* AN.
MORGEN... NACH DEINER ERSTEN AUFFÜHRUNG...
... BIETE ICH MEHR.
GRRR. WAS GLAUBST DU EIGENTL-
FUYU.

WILLST DU ... MICH NICHT BE-RÜHREN?
PANG
WIE TIEF KANN ICH NOCH SINKEN?
Kömm
SCH.

ES GIBT KEINEN GRUND, MIR WAS VORZUMACHEN. ICH STEH TOTAL UNTER SEINEM PANTOFFEL.
WAS SOLLS...
Kämmm
MH.
HAT ER GERADE GESEUFZT?
Kämm
HMM.
Kämmm
Kämmm

MHM...
OB DAS DER GRUND IST, WARUM ER SEINEN KOPF NICHT RASIERT?
!
UH!
..... HAKUIN!

WARUM SCHLÄFST DU SO FRIEDLICH AUF MIR, MEIN KLEINER MÖNCH?
DU HAST DEINEN KOPF NICHT ZUFÄLLIG AN MEINE SCHULTER GELEHNT. DU LÄSST MICH DICH IM ARM HALTEN...
WAS BEDEUTET DAS?
ICH FÜHLE MICH WIE EIN NÄHE-BEDÜRFTIGES WEIB.
ICH WILL FRAGEN, OB DAS BEDEUTET, DASS DU MICH NICHT HASST...
HAST DU MIR VERGEBEN, HAKUIN? KÖNNTEST DU MICH SO SEHR LIEBEN WIE ICH DICH?
SSSSSSTTTT

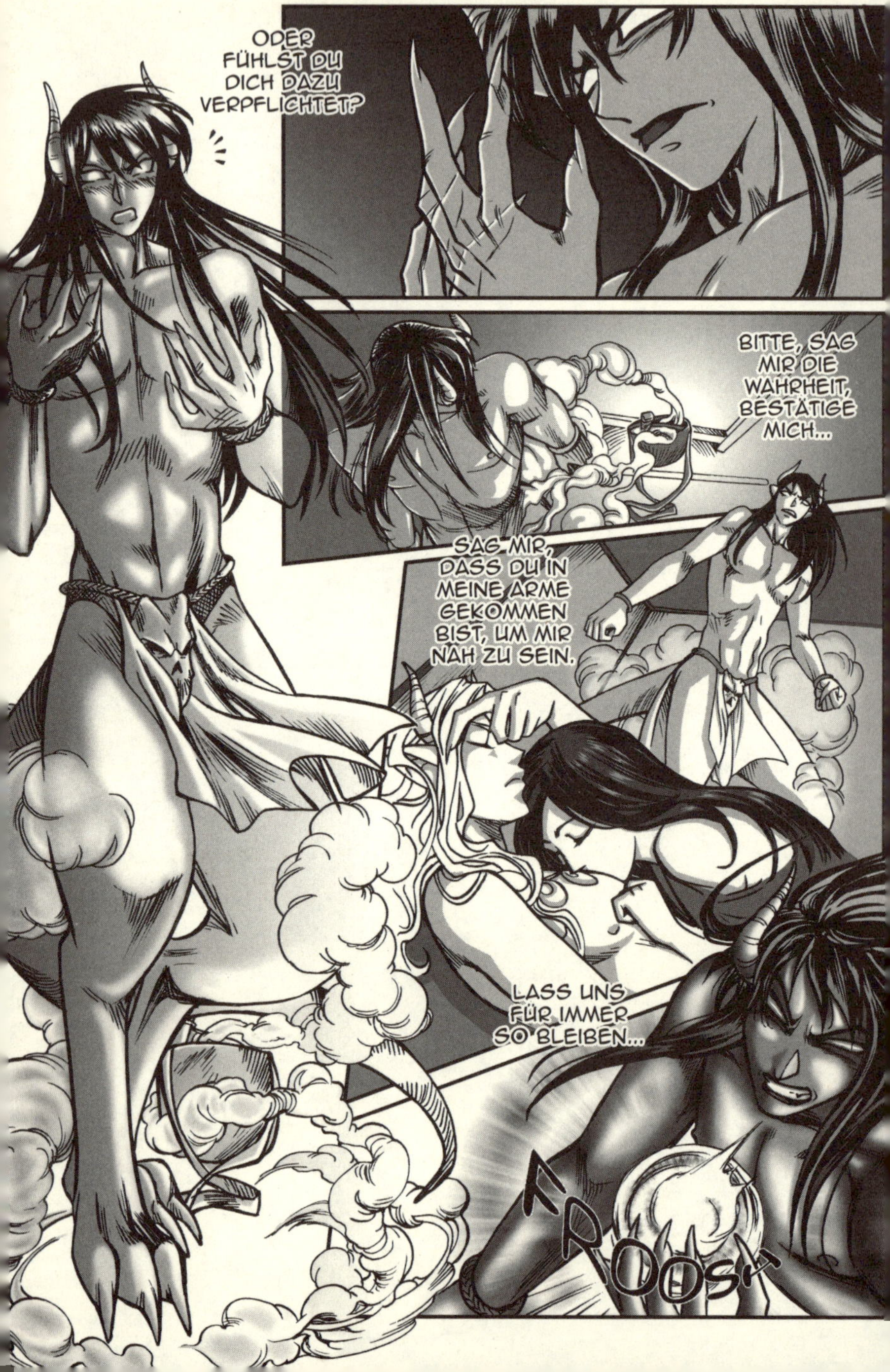
ODER FÜHLST DU DICH DAZU VERPFLICHTET?
BITTE, SAG MIR DIE WAHRHEIT, BESTÄTIGE MICH...
SAG MIR, DASS DU IN MEINE ARME GEKOMMEN BIST, UM MIR NAH ZU SEIN.
LASS UNS FÜR IMMER SO BLEIBEN...
FROOSH

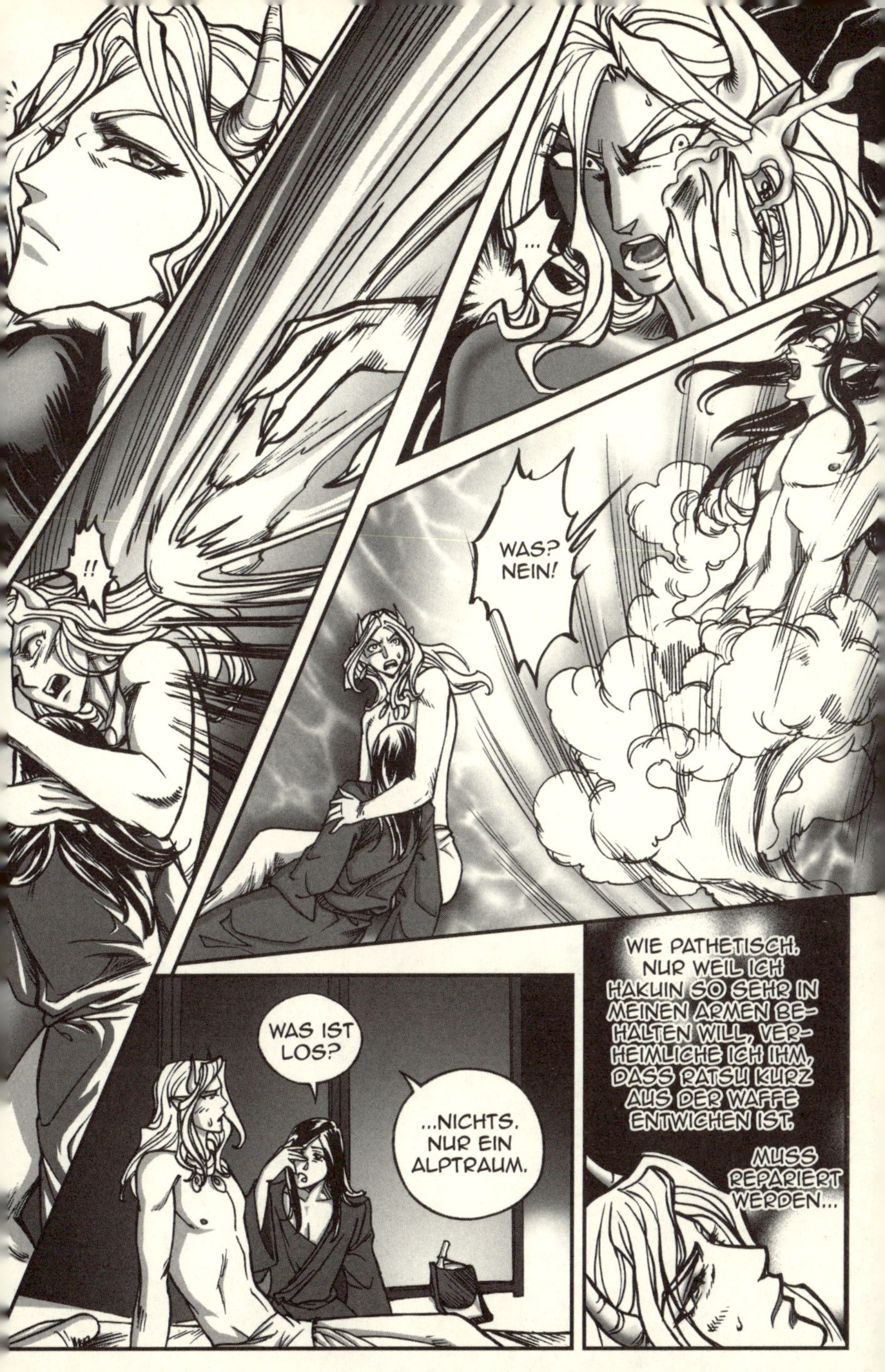
...
!!
WAS? NEIN!
WIE PATHETISCH. NUR WEIL ICH HAKUIN SO SEHR IN MEINEN ARMEN BEHALTEN WILL, VERHEIMLICHE ICH IHM, DASS RATSU KURZ AUS DER WAFFE ENTWICHEN IST.
MUSS REPARIERT WERDEN...
WAS IST LOS?
...NICHTS. NUR EIN ALPTRAUM.

SAGT PRINZ NOBORU NICHT DIE WAHRHEIT ÜBER EUCH.
IHR WERDET IHN ERSCHRECKEN. SPRECHT AM BESTEN GAR NICHT. SONST HÖRT ER DAS DÄMONISCHE AUS EURER STIMME HERAUS.
ALSO... WAS FÜR MAGIE BEHERRSCHT IHR?
KABUKI-MASKE
PAH. MAGIE IST EIN BEGRIFF DER STERB-LICHEN FÜR ALLES, WAS DÄMONEN KÖNNEN UND SIE SELBST NICHT.
JA, DAS STIMMT WOHL - DÄMONEN SIND WESEN DER MAGIE. ABER FÜR NOBORU...
FÜR EINEN BAUM MUSS DIE FÄHIGKEIT ZU LAUFEN MAGIE SEIN - ABER DENKT IHR SO DARÜBER?
EIN BAUM WÜRDE HÜPFEN, SPRINGEN UND RENNEN FÜR *MAGISCHE KUNST-STÜCKE* HALTEN. ALLES, WAS FÜR EUCH SELBST-VERSTÄNDLICH IST.
GEBT VOR, EIN STERBLICHER ZU SEIN, DER DÄMONISCHE FÄHIGKEITEN BESITZT, UND ZEIGT SIE IHM.

EHREN-WERTER MÖNCH.
OH!
DIE ADLIGEN WÜRDEN GERNE VON EUCH LERNEN.
SEID IHR SEIN GEFANGE-NER?
ICH BIN MEIYA, EIN BEDIENSTE-TER DES FÜRSTEN.
ICH HEISSE HAKUIN, EDLER HERR.
ES IST BEEINDRU-CKEND, DASS IHR MIT EINEM DÄMON REIST, HAKUIN. STEHT ER UNTER EINEM BANN?
ICH HABE KEINE SOLCHE FÄHIGKEIT.
...

IN DEN TIEFEN DER BERGE SCHREITET ER DURCH DIE BLUTROTEN WÄLDER....
...
AIEEE!
BITTE, HABT KEINE ANGST. DIES IST-
GEHEN WIR.
WAS IST LOS MIT DIR?
ICH HABE DEN GANZEN TAG IN EINEM CLOWNS-KOSTÜM EIS-ZAPFEN FÜR EIN SABBERNDES DUMMES BALG GEZAUBERT!
WENN DU SCHNELL BIST, WERDE ICH UNTERWEGS NIEMANDEN TÖTEN!

DU BIST KINDISCH!
ALLES WAS ER GESAGT HAT WAR "NOCHMAL"!
HÖR AUF!
HEY, MÄDCHEN --
HERR DÄMON! SEHT! MEIN AUGE!
SIE KANN NOCH NICHT SEHEN, ABER SIE BRAUCHT DEN VERBAND NICHT MEHR.
MORGEN WIRD SIE LICHT UND SCHATTEN WAHRNEHMEN UND AM LETZTEN TAG GANZ GEHEILT SEIN.
FUYU ...
ICH DANKE EUCH, HEILER ZENGOSAKU.

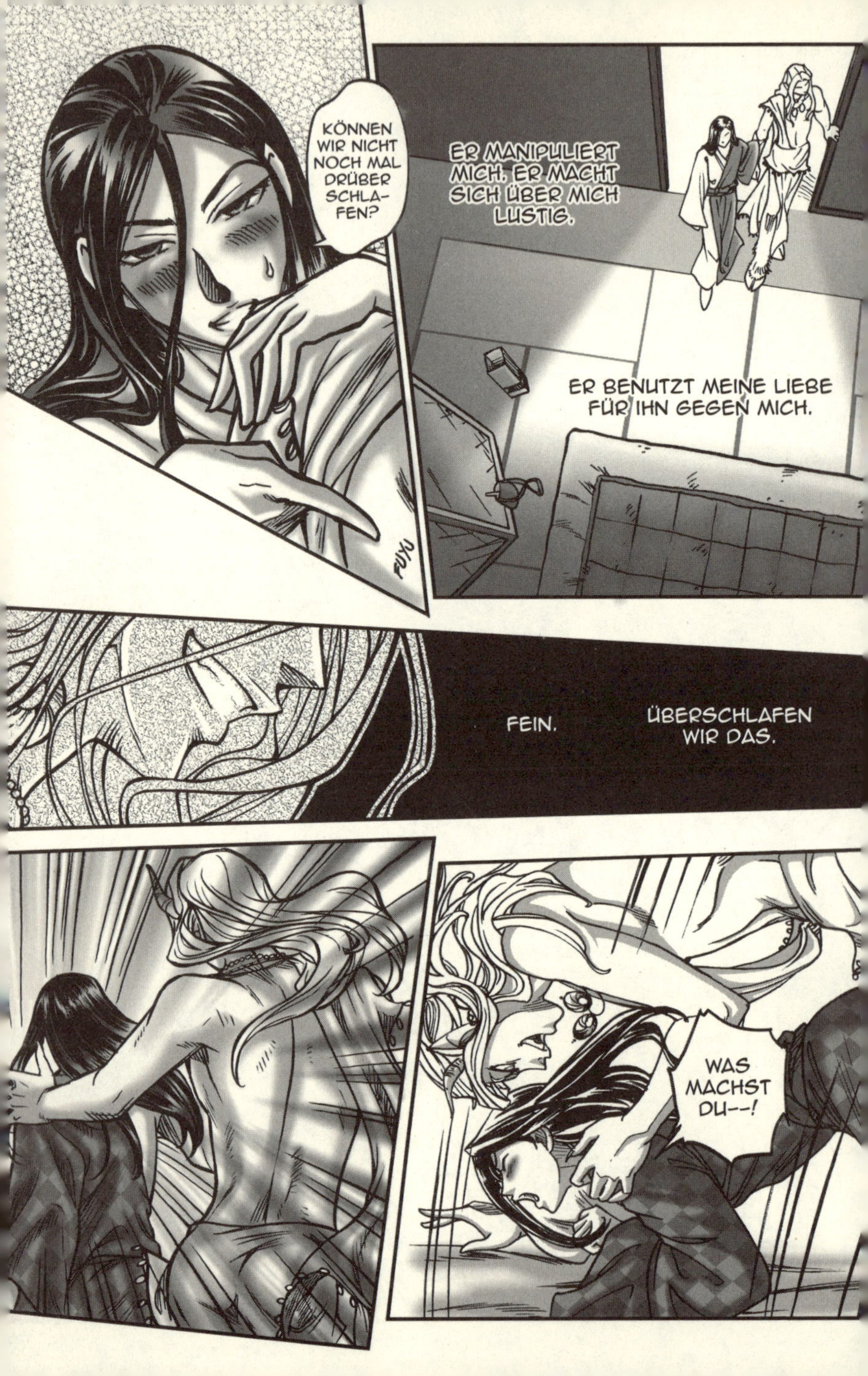
KÖNNEN WIR NICHT NOCH MAL DRÜBER SCHLA-FEN?
FUYU
ER MANIPULIERT MICH. ER MACHT SICH ÜBER MICH LUSTIG.
ER BENUTZT MEINE LIEBE FÜR IHN GEGEN MICH.
FEIN.
ÜBERSCHLAFEN WIR DAS.
WAS MACHST DU--!

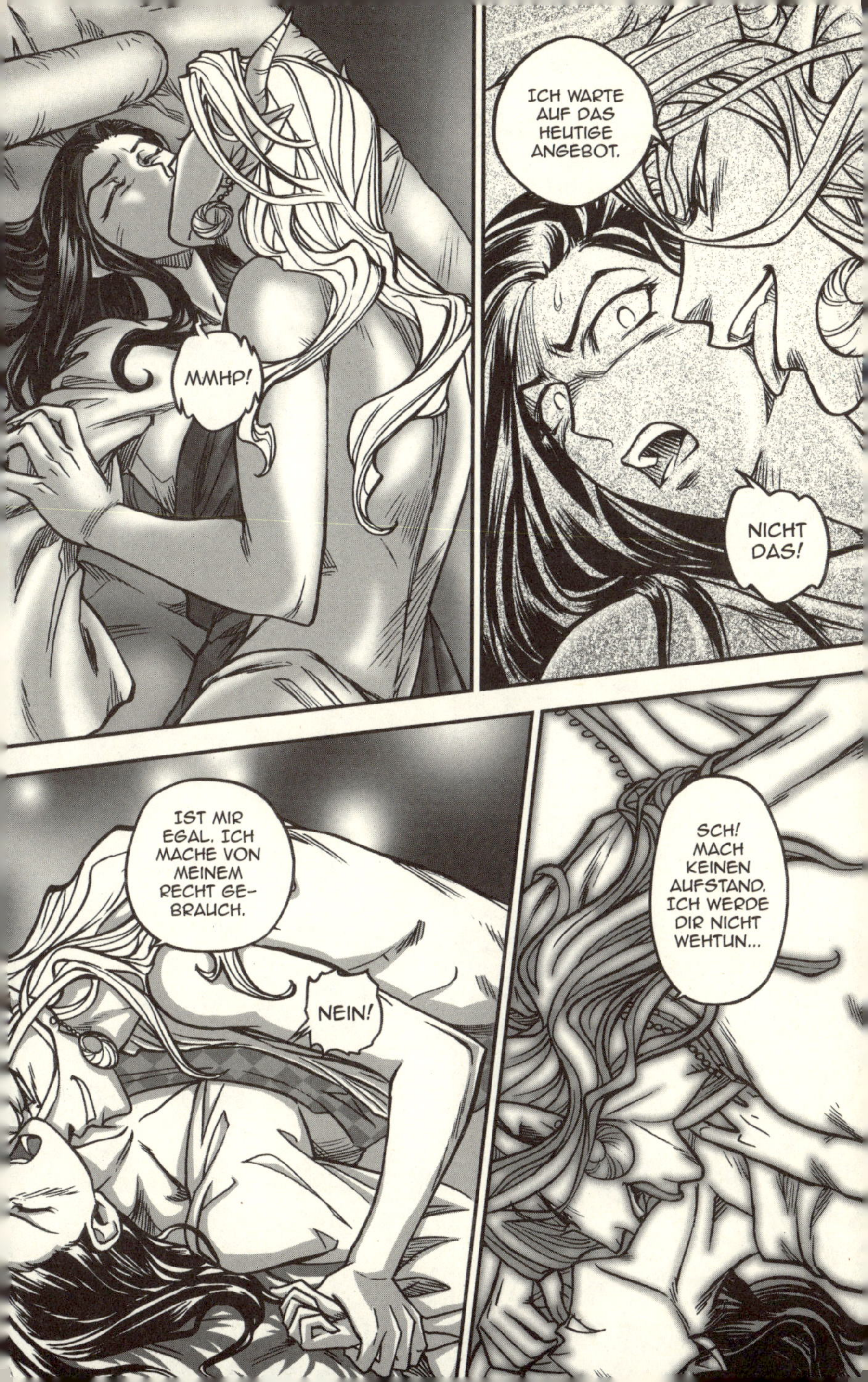
MMHP!
ICH WARTE AUF DAS HEUTIGE ANGEBOT.
NICHT DAS!
IST MIR EGAL. ICH MACHE VON MEINEM RECHT GE-BRAUCH.
NEIN!
SCH! MACH KEINEN AUFSTAND. ICH WERDE DIR NICHT WEHTUN...

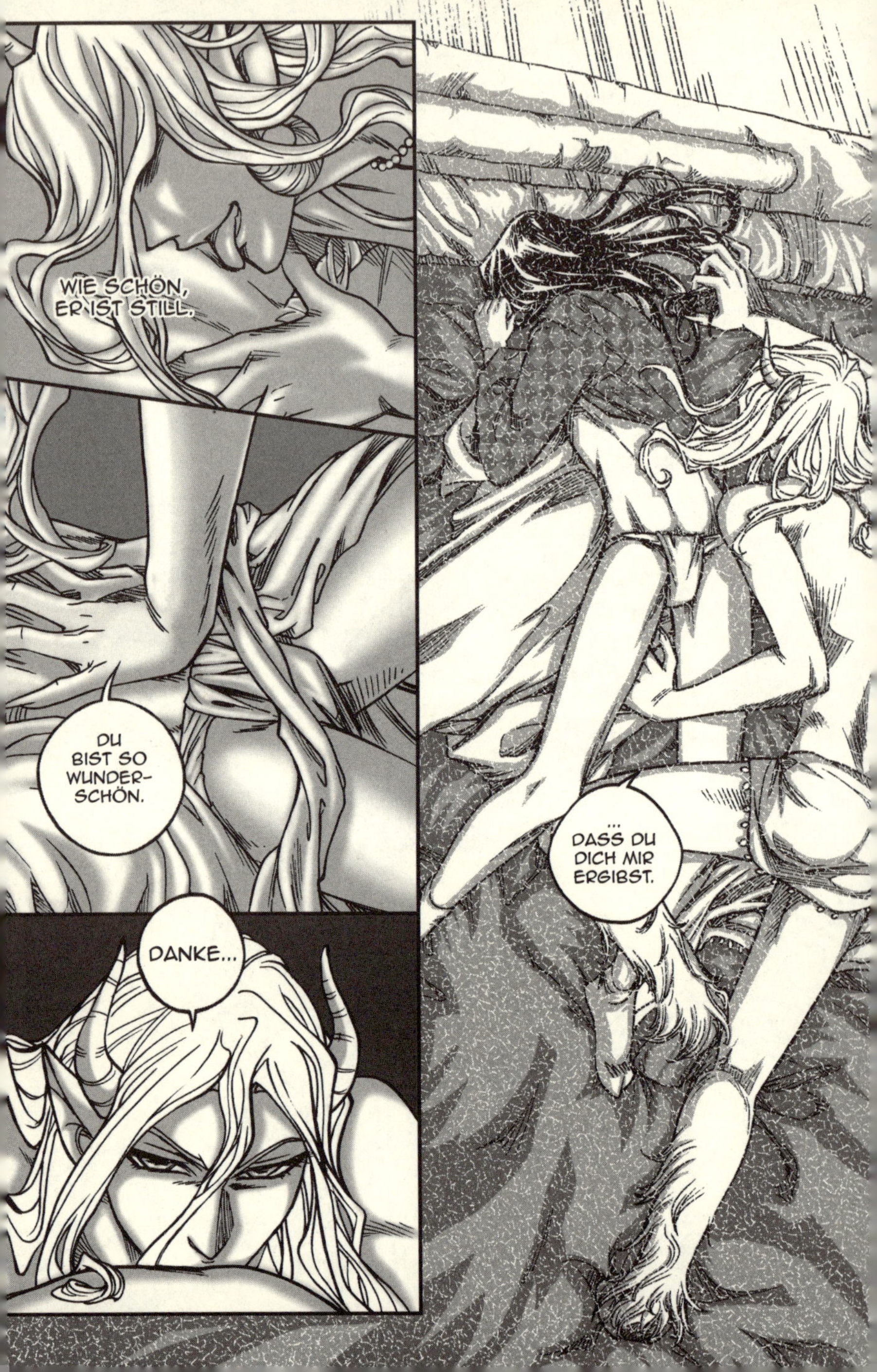
WIE SCHÖN, ER IST STILL.
DU BIST SO WUNDER-SCHÖN.
DANKE...
... DASS DU DICH MIR ERGIBST.

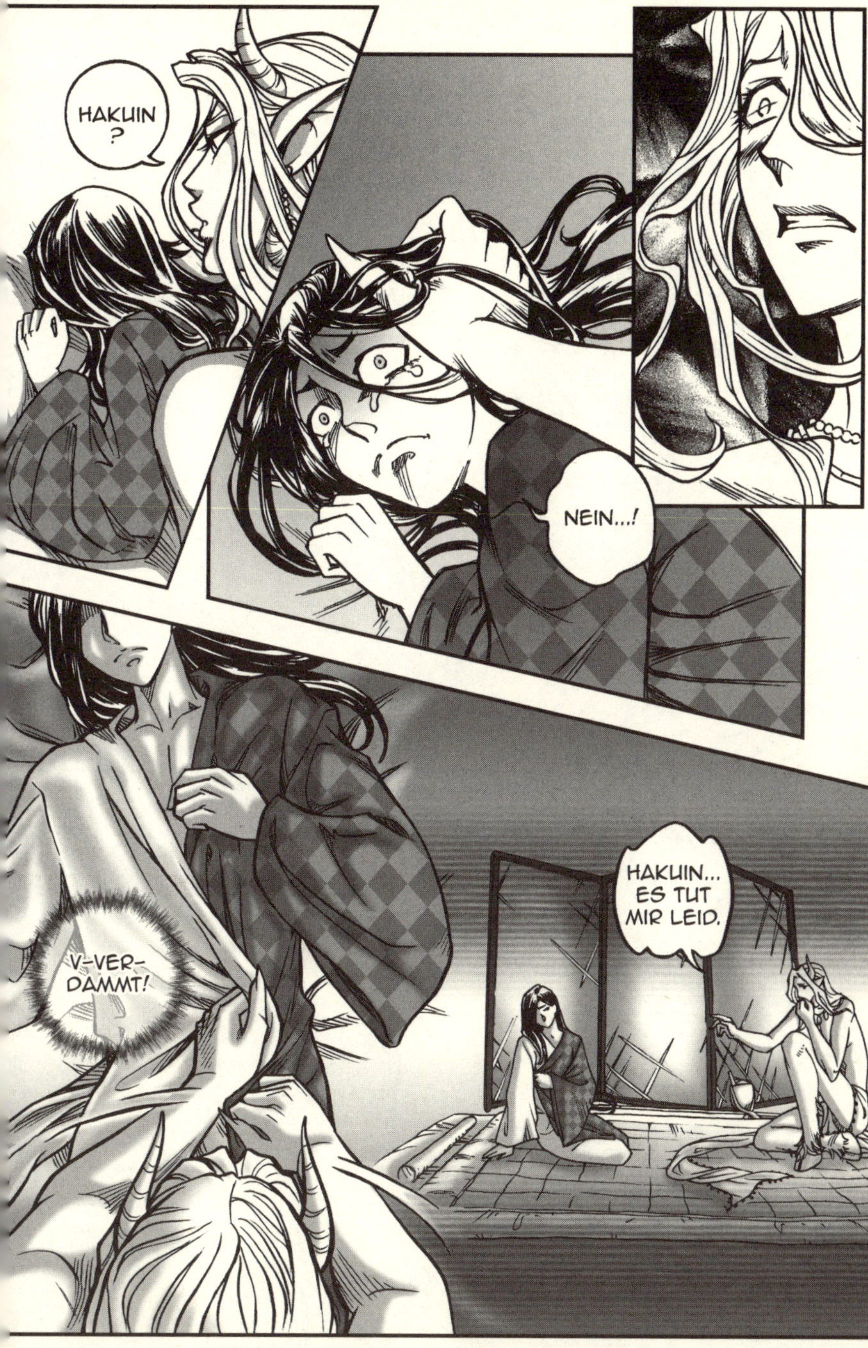
HAKUIN
?
NEIN...!
HAKUIN...
ES TUT
MIR LEID.
V-VER-
DAMMT!

ICH WOLLTE DIR WIRKLICH KEIN LEID ANTUN!
ICH... ICH DACHTE, DU WOLLTEST DICH MIR HINGEBEN.
ICH HÄTTE DICH NIEMALS ERNSTHAFT DAZU GE-ZWUNGEN. WARUM HAST DU NICHTS GESAGT?
ICH... KONNTE NICHT SPRECHEN.
!
HAKUIN...
ICH... ICH WÜRDE DIR VERSPRECHEN, DICH NIE WIEDER ANZU-FASSEN!
ABER DAS WÜRDE MICH UM-BRINGEN.

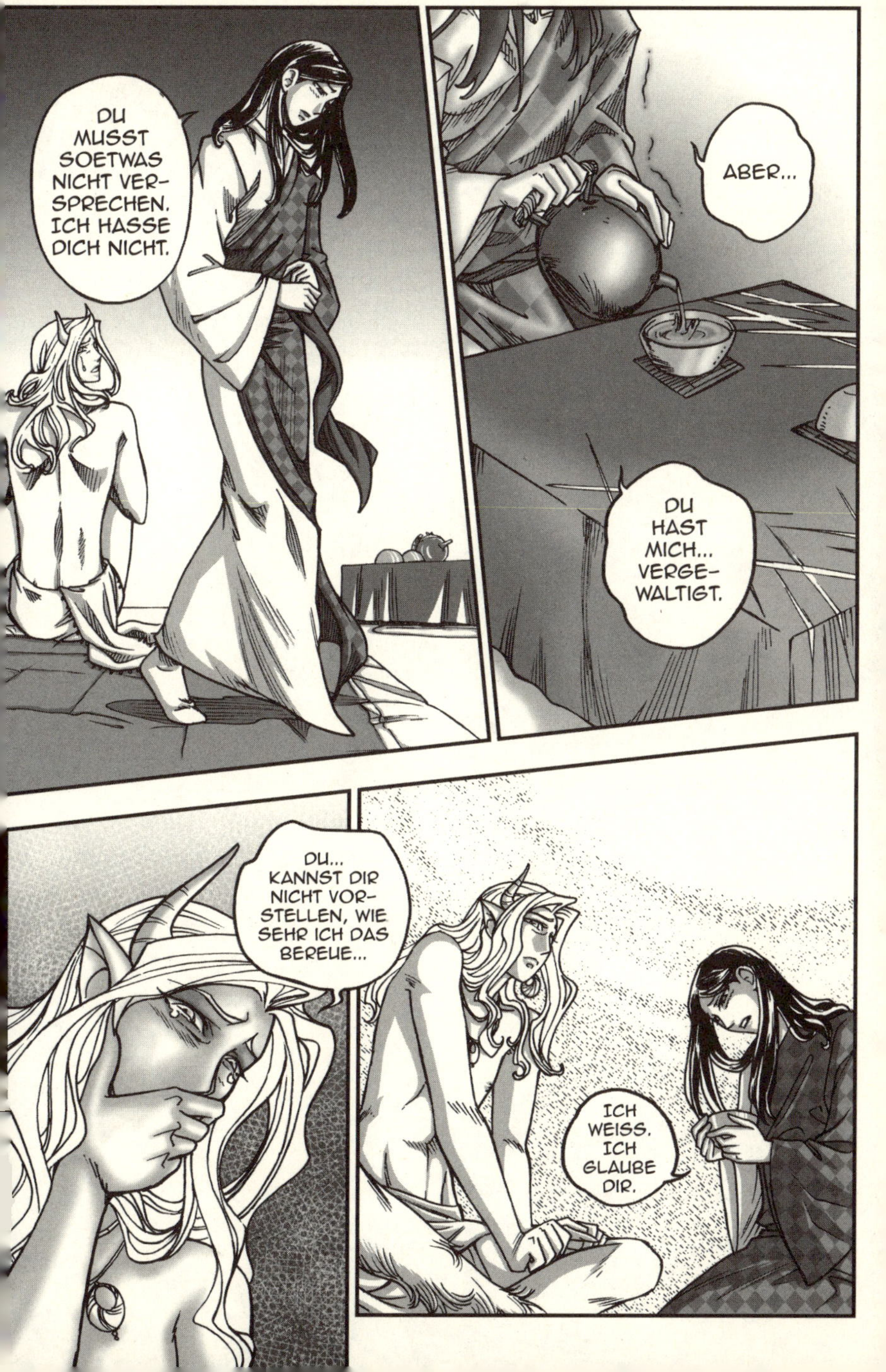
DU MUSST SOETWAS NICHT VERSPRECHEN. ICH HASSE DICH NICHT.
ABER...
DU HAST MICH... VERGEWALTIGT.
DU... KANNST DIR NICHT VORSTELLEN, WIE SEHR ICH DAS BEREUE...
ICH WEISS. ICH GLAUBE DIR.

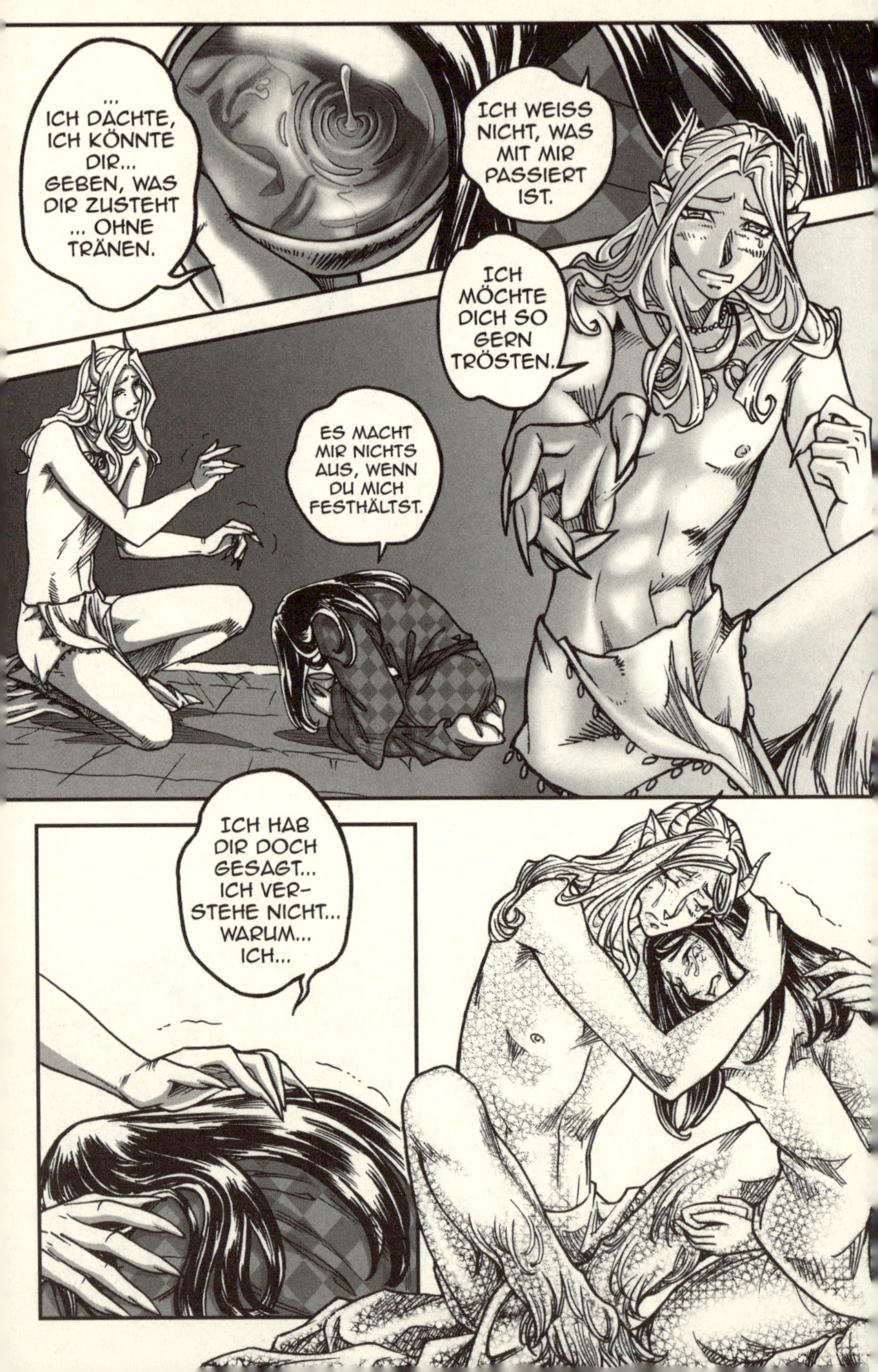
... ICH DACHTE, ICH KÖNNTE DIR... GEBEN, WAS DIR ZUSTEHT ... OHNE TRÄNEN.
ICH WEISS NICHT, WAS MIT MIR PASSIERT IST.
ICH MÖCHTE DICH SO GERN TRÖSTEN.
ES MACHT MIR NICHTS AUS, WENN DU MICH FESTHÄLTST.
ICH HAB DIR DOCH GESAGT... ICH VERSTEHE NICHT... WARUM... ICH...

UND SO ENDET ES.
WIE REIZEND.
EURE REZITATION IST FEHLERLOS.
ICH VERDIENE EUER LOB NICHT.
HOHE HERREN UND DAMEN, UNSERE EMINENZ HAT EINEN HÖCHST SELTENEN TEE ZUBEREITEN LASSEN. ER LÄDT SIE ALLE EIN, DER ZEREMONIE BEIZUWOHNEN.
WIE GEFÄLLT EUCH DER AUFENTHALT, HERR MÖNCH?
ICH BIN EUREM FÜRST ZU GROSSEM DANK VERPFLICHTET.
UND DER DÄMON? FUYU, NICHT WAHR?
IST ER AUCH ZUFRIEDEN?
ABSOLUT.

WER IST DIE FRAU, DIE BEI EUCH IST? IST SIE EURE... ODER GEHÖRT SIE DEM DÄMON?
WEDER NOCH. SIE WAR EINE MAGD DES SCHREINS UNSERES KLOSTERS. WIR SIND WEGE IHR HIER.
SIE WURDE VERLETZT.
VON DEM FEUER-DÄMON?
...
ICH GLAUBE NICHT, DASS SIE IHM ETWAS BEDEUTET.
SCHLIESS-LICH TEILT ER SEIN ZIMMER MIT EUCH, NICHT WAHR?
SELTSAM... VER-SUCHT ER GERADE, EINEN WEG ZU FINDEN, FUYU ZU KONTROLLIEREN? ICH SOLLTE IHM KLAR MACHEN, DASS ES IHM NICHTS BRINGT, MICH ALS DRUCK-MITTEL ZU BENUTZEN.
NEIN, DAS HAT NICHTS ZU BEDEUTEN, FÜRST MEIYA.
ER IST VERSESSEN AUF RUHM UND HERRLICHKEIT – NUR DESHALB VOLLBRINGT ER GUTE TATEN.
ER IST IMMER AUF DER SUCHE NACH NEUEN WEGEN, UM SICH ZU PROFILIEREN.
IST DAS SO?
SEINE EMINENZ WÄRE VOR EURER ABREISE SEHR AN EINER AUDIENZ MIT IHM INTERESSIERT.

TSK
FRUSH
SHOOM
WAS GEHT HIER VOR?
GRAHHHH!
SHOOM
SHOOM
SHOOM
DAS DING IST NICHT GANZ DICHT!
DAS IST SCHON DAS ZWEITE MAL, DASS SIE ENTKOMMEN KONNTEN!
ER IST ACHT JAHRE ALT, ÜBERSÄHT MIT EITERNDEN WUNDEN, SABBERT UND STINKT!
ER KANN NICHT MAL AUFSTEHEN, UM AUFS KLO ZU GEHEN!
WIR ESSEN GERADE ...

ER KONNTE WÄHREND DER ZWEITEN AUFFÜHRUNG AUFRECHT SITZEN.
MMH
SCHEINT SO, ALS KÖNNTE ICH IHM HELFEN.
DAS IST SCHÖN ZU HÖREN.
ABER WAS DU MIR ÜBER DIESEN IDIOTEN MEIYA ERZÄHLST... WIR HÄTTEN DEN HEILER DOCH ZWINGEN SOLLEN.
WENN ES EINE MÖGLICHKEIT GIBT DIESEN ORT OHNE BLUT-VERGIESSEN ZU VERLASSEN, MÜSSEN WIR SIE NUTZEN.
ES IST ZWECK-LOS, DIR ZU WIDER-SPRECHEN.
DU KRIEGST IMMER DEINEN WILLEN.
ICH NEHME EIN BAD.
WENN DU WILLST, KANNST DU MEINEN RÜCKEN WASCHEN.
DAS WOLLTE ICH DIR SCHON GESTERN NACHT AN-BIETEN.

DU HAST MIR GEZEIGT, DASS ICH DIR VERTRAUEN KANN.
BITTE MISS-BRAUCHE DIESES VER-TRAUEN NICHT.
ICH WILL DICH NICHT ÄRGERN ...
ICH VER-SUCHE NUR ... MICH AN DIESE NÄHE ZU DIR ZU GEWÖHNEN. DU DARFST MICH WASCHEN.
DU WEISST, DASS ICH DEINE ERLAUBNIS NICHT BRAUCHE.
MACH ES NICHT NOCH SCHWIERIGER.

SCHLUCK
HAKUIN ... WÜRDEST DU...
WAS IST?
AUFSTEHEN UND MICH ANSEHEN?
MIR WIRD KALT!

TSK
SPLAT
ICH FRAGE MICH, OB ICH IHN WIRKLICH ÜBERALL WASCHEN DARF.
SCRUB
SCRUB
SPLASH
CRISH
DAS HIER SCHEINT IHN JEDENFALLS NICHT ZU STÖREN.

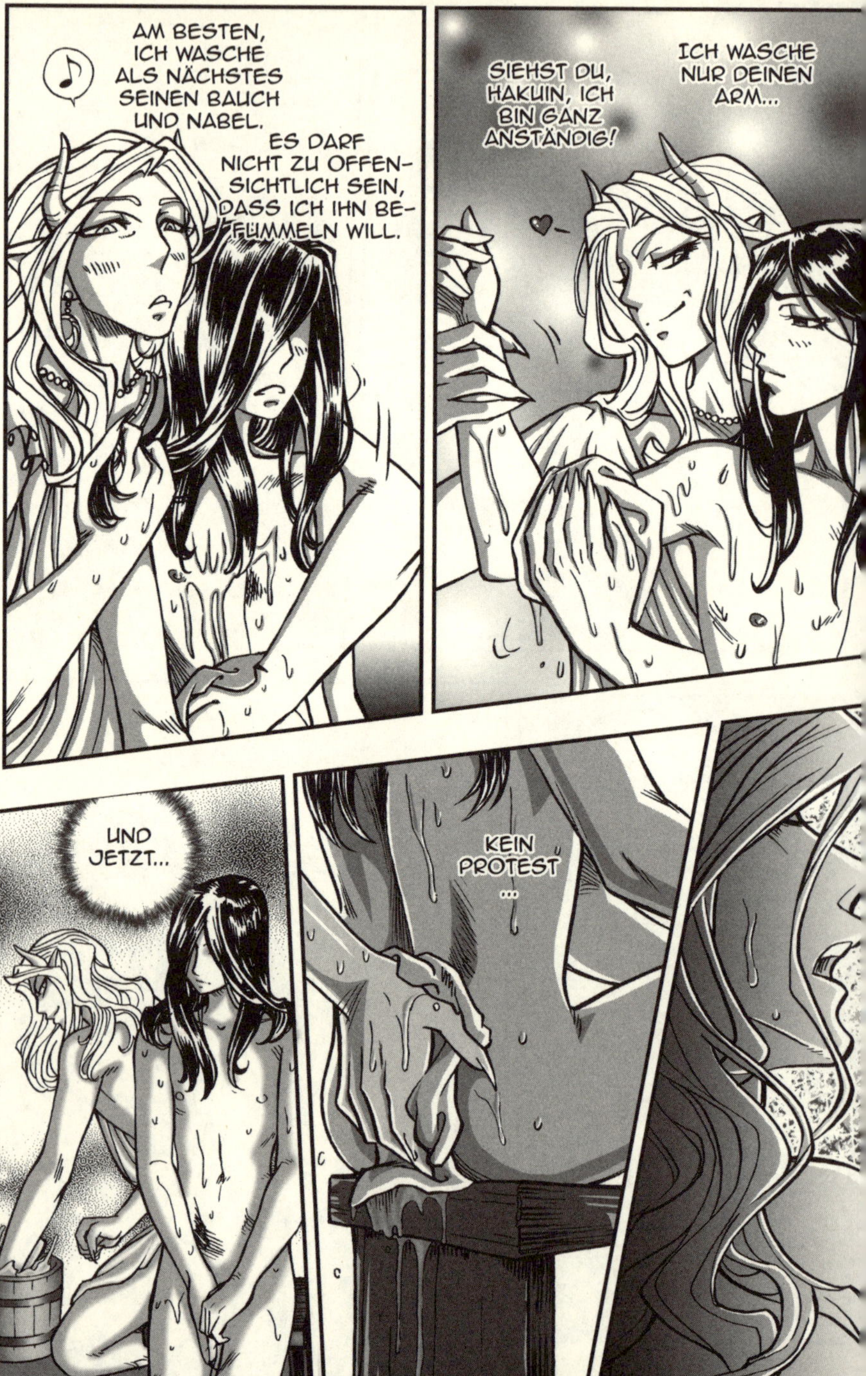
ICH WASCHE NUR DEINEN ARM...
SIEHST DU, HAKUIN, ICH BIN GANZ ANSTÄNDIG!
♪
AM BESTEN, ICH WASCHE ALS NÄCHSTES SEINEN BAUCH UND NABEL.
ES DARF NICHT ZU OFFEN-SICHTLICH SEIN, DASS ICH IHN BE-FUMMELN WILL.
KEIN PROTEST ...
UND JETZT...

ER IST SO SÜSS!
DANKE.

WAS-?!
AAH!

FUYU! MHPF!
AAAAHH!!
MMM... N-NICH-AAH!

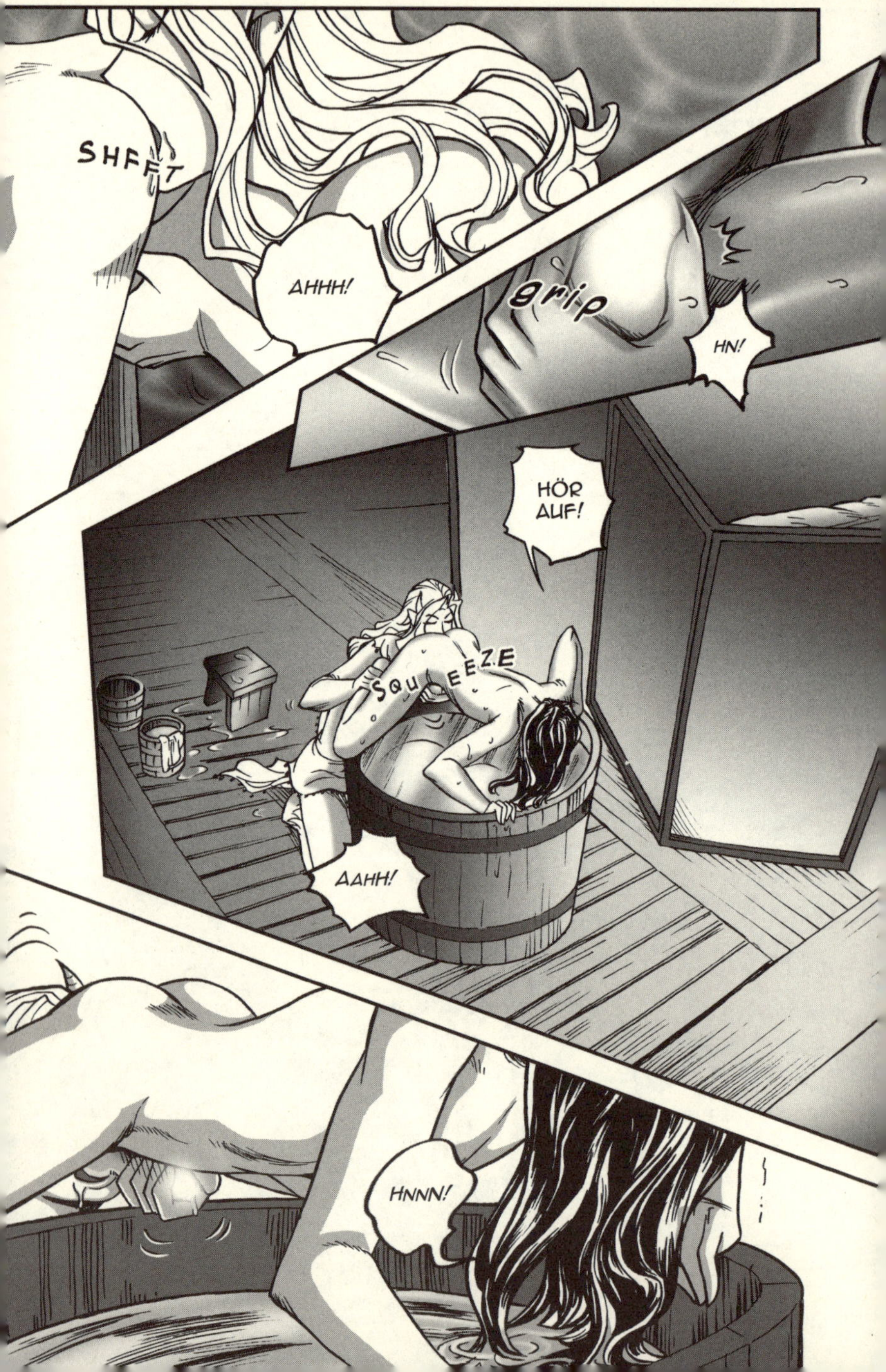
SHFFT
AHHH!
grip
HN!
HÖR AUF!
SQUEEZE
AAHH!
HNNN!

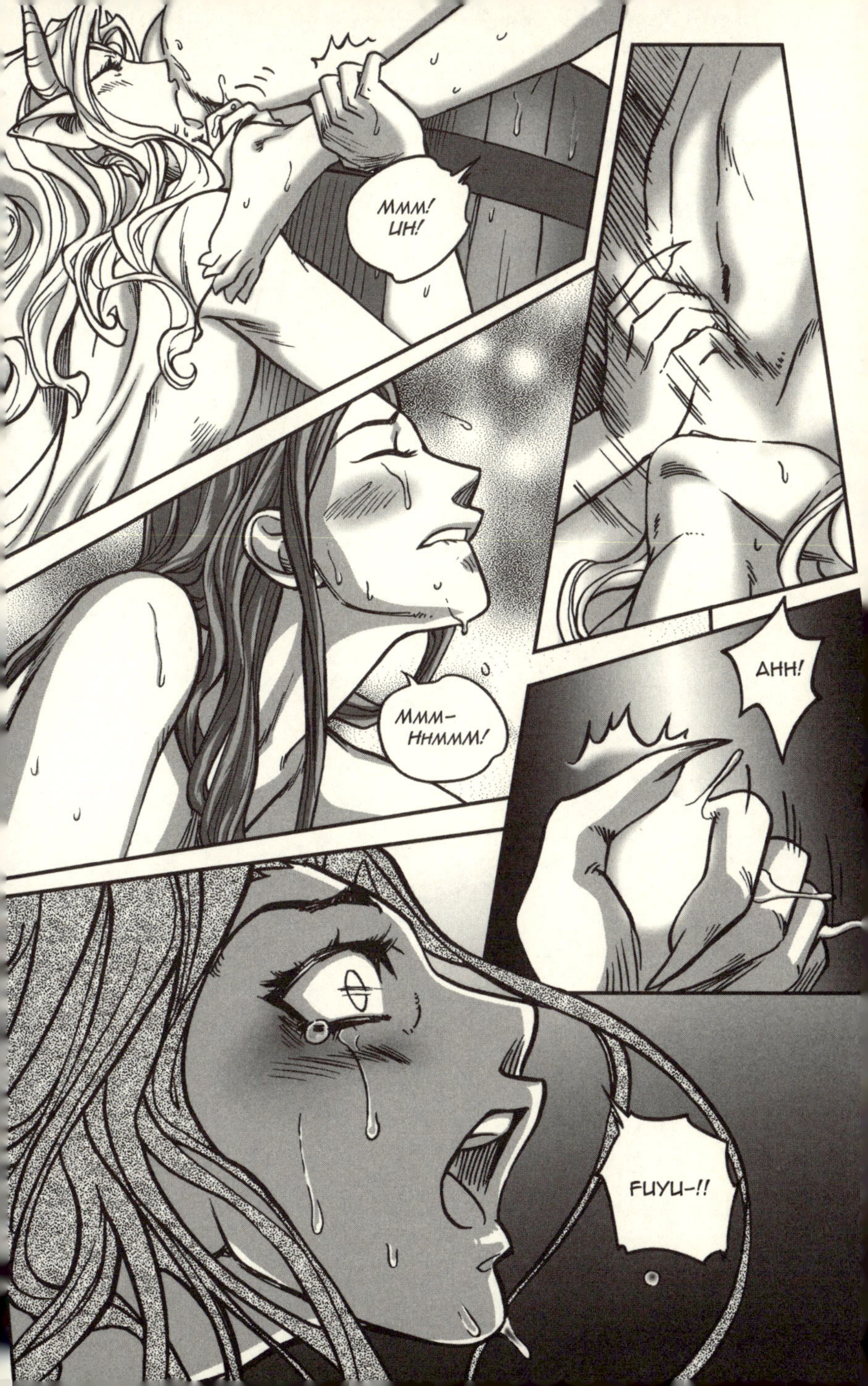
MMM!
UH!
MMM-
HHMMM!
AHH!
FUYU-!!

OH! OHHHHH! UH!
PLISH!
EHMMN!
UH! AHHH! AHH-HHHNN! AHHHH!
plip!
plish!
...

BIST DU VER-ÄRGERT?
SEI STILL.
GUTE NACHT.
SEUFZ

WIR BITTEN UM VERZEIHUNG, HERR MÖNCH, HERR DÄMON!
Klopf Klopf
ICH BIN HOCHERFREUT, EUCH MITTEILEN ZU DÜRFEN, DASS SEINE EMINENZ DER HEUTIGEN VORSTELLUNG FÜR PRINZ NOBORU BEIWOHNEN MÖCHTE. ER HAT AUSSERDEM ALLE ADLIGEN DAZU EINGE-LADEN.
NEIN DANKE!
WAS?! WARUM? DAS IST EINE GROSSE EHRE.
SCHLIMM GENUG, DASS ICH FÜR DIESEN JUNGEN DEN CLOWN SPIELE - ABER VOR DEM GESAMTEN HOFSTAAT?!

AH, WENN ES DAS IST, MACHT EUCH KEINE GEDANKEN.
UNSER FÜRST MÖCHTE, DASS IHR DIE KOSTBARE RÜSTUNG EINES SAMURAI TRAGT.
ES GEHT NICHT NUR UM DAS KOSTÜM!
ICH LASSE MICH NICHT DAZU ZWINGEN, VORGEFÜHRT ZU WERDEN UND MICH VOR PUBLIKUM LÄCHERLICH ZU MACHEN.
MIT VERLAUB, HEILER ZENGOSAKU, DAS ENTSPRICHT NICHT UNSERER VEREINBARUNG.
ICH WERDE DAS MÄDCHEN AUF JEDEN FALL HEILEN. ABER ICH BITTE EUCH INSTÄNDIG DEM WUNSCH UNSERES HERRN ZU ENTSPRECHEN.
ES SOLL EINE WÜRDEVOLLE VORSTELLUNG WERDEN. IHR SOLLT EINEN GROSSZÜGIGEN LOHN DAFÜR ERHALTEN.
EUER GELD HAT KEINEN WERT FÜR MICH.
ABER WAS IST MIT DEM RUHM? UNSER FÜRST WÜRDE SICH SEHR FREUEN, WENN IHR IHM DIE MACHT EURER
RUHM? WOVON SPRICHT DER SCHWACHKOPF? OH, RICHTIG – HAKUIN HAT IHM ERZÄHLT, DASS ICH DANACH STREBE, DAMIT ER NICHT AUF DIE IDEE KOMMT, IHN ZU ENTFÜHREN...
OBWOHL... WENN SIE HAKUIN ALS GEISEL NEHMEN WÜRDEN, KÖNNTE ICH SIE EINFACH ALLE TÖTEN – UND NICHT EINMAL HAKUIN KÖNNTE MIR DANN ETWAS VORWERFEN... REDET DER IDIOT ETWA IMMER NOCH?
SCHRECKEN VERSETZT. BEEINDRUCKT IHN UND ER WIRD EUCH ZUM GENERAL DER MÄCHTIGSTEN ARMEE DER WELT MACHEN.

GENUG JETZT! ICH MACH'S JA – ABER HÖRT ENDLICH AUF ZU REDEN!
WIR ERWARTEN, DASS KIYOKO VORHER GEHEILT WIRD, DAMIT SIE ZUSEHEN KANN.
SICHER.
ICH BIN EUCH ZU EWIGEM DANK VERPFLICHTET.
GUTE IDEE. DAS MÄDCHEN SOLLTE DABEI SEIN – GEHEILT UND MIT ALL IHREN SACHEN.
DU AUCH.
?
HOL VOR DER AUFFÜHRUNG DAS GOLD, DASS SIE UNS ANGEBOTEN HABEN, UND BINDE ES IN DEINER KLEIDUNG FEST.
RICHTIG FEST.

DAS FÜHLT SICH ZU LEICHT AN.
J-JA, HERR DÄMON.
ES IST KEINE ECHTE RÜSTUNG, SONDERN NUR EIN KOSTÜM.
GEBT MIR EINE ECHTE.
!
JA.

FUYU HAT GESAGT, ER WIRD UNS AUFFORDERN, AUS DEM PUBLIKUM ZU IHM ZU KOMMEN. WIR SOLLEN DEN KARREN MITBRINGEN UND ALLE SACHEN GUT FEST-BINDEN...
...SODASS SIE NICHT HERAUS-FALLEN KÖNNEN, AUCH WENN DER KARREN AUF DEM KOPF STEHT.
ICH GLAUBE ER PLANT WÄHREND DER VORSTELLUNG ZU FLIEHEN.
OH?
ES TUT MIR LEID, DASS ICH SO EINE LAST FÜR EUCH UND HERRN DÄMON BIN.
NICHT DOCH, KIYOKO. WIR STEHEN IN DEINER SCHULD. BESONDERS FUYU.
AM ANFANG WART IHR SEHR WÜTEND AUF IHN... ABER JETZT... IHR MÖGT HERRN DÄMON JETZT, NICHT WAHR?
...
... JA. ICH DENKE, DAS TUE ICH...

ELENDE KRIECHER... AM LIEBSTEN WÜRDE ICH DIE GEFANGENEN FEUERDÄMONEN AUF SIE HETZEN.

SEINE EMINENZ BEFREIT EUCH IN SEINER GROSSEN GÜTE VON DER PFLICHT, VOR IHM NIEDERZUKNIEN.
BASTARD!

DAS IST DAS FETTE, MIT EITERNDEN WUNDEN ÜBERSÄHTE, STINKENDE, ACHT JAHRE ALTE BALG?!
FUYU, DU LÜGNER!
DIES IST ALLES, WAS ICH EUREM SOHN IN DEN LETZTEN DREI TAGEN VORGEFÜHRT HABE.
klingel
bimmel
HA HA! OH JA!
Klatsch
SEINE EMINENZ WÜRDE ES BEVORZUGEN, WENN IHR IHM EURE ZAUBERKÜNSTE IN EINEM KAMPFE ZEIGTET.

WIE ER WÜNSCHT.
ICH KANN DAS WETTER MANIPULIEREN, WO UND WANN IMMER ES MIR BELIEBT.
GENUG!
HISSSSSSS
ZEIGT UNS, WIE GUT IHR KÄMPFT!
IST JA GUT ...

ICH BENUTZE DIE...
HSSSSST
!
AAHRRRRR
RRRRRR!
...

...
OOOH!
Klatsch
Klatsch
ES IST ZWECKLOS – WIR SIND NOCH ZU SCHWACH.
ICH WILL NICHT DAHIN ZURÜCK, MEISTER!
SHREEEEEEN
YAAHHH!!

CLAK
HURRA! WUNDERBAR!
Klatsch
Klatsch
Klatsch
AH! ER BRAUCHT KEINE GEGNER.
ER HAT SIE SELBST BESCHWOREN!
...
HAKUIN... UND DU... MÄDCHEN.

AH!
HIER KOMMT DAS FINALE!
AUF NIMMER-WIEDER-SEHEN!
FLISSS
SSH
DANKEEE!
!!

RUFT DIE BOGEN-SCHÜTZEN! HALTET IHN AUF!
WARTET!
!
WIEDER-SEH'N! WIEDER-SEH'N!

LASST SIE GEHEN. MEIN SOHN... MEIN JUNGE KANN WIEDER GEHEN!
CRASH
WILLST DU UNS UMBRINGEN?
DU HAST GESAGT "KEIN BLUTVERGIESSEN" - DAS WAR DER EINZIGE WEG.
FSSSSST
NORMALERWEISE LANDE ICH BESSER - NORMALERWEISE HABE ICH KEINE PASSAGIERE.
HERR DÄMON... ICH BIN SO MÜDE.
ICH AUCH - ICH FÜHLE MICH SCHWACH.
TUT MIR LEID...

ICH MUSSTE VON EURER ENERGIE NEHMEN, UM MIT EUCH FLIEGEN ZU KÖNNEN...
KOMM.
RUH DICH AUS.
FORTSETZUNG FOLGT

MH!
HM!
MH!
EPILOG TEIL 2
STORY VON YAMILA ABRAHAM
ZEICHNUNGEN VON IRENE MIRANADA
HN
SO SCHÖN... ES TUT GAR NICHT MEHR WEH.
DAS FREUT MICH.
HAH!

HMPF, ERSTAUNLICH, DASS ER SEIN GANZES HAUS HIERHER VERSETZT HAT...
AHH!
UH!
Klopf
Klo

PRIESTER SHIDAN...
DIE VORRATS-KAMMER IST LEER. GEH FÜR MICH ZUM MARKT ...
ICH KANN NICHT – ICH WÜRDE DIE DORF-BEWOHNER ERSCHRECKEN.
ICHIRO!
GEH MIT FIGARU ZUM MARKT, DAMIT ER NIEMANDEN ERSCHRECKT.
J-JA, PRIESTER SHIDAN.

DAS IST DAS ERSTE MAL, DASS ICH MICH DARAUF FREUE, INS DORF ZU GEHEN.
ES IST MIR EGAL, OB SIE SICH VOR DIR ERSCHRECKEN - SIE HABEN ES VERDIENT.
HM...
ABER ICH KANN DEINE FEINDE NICHT FÜR DICH BEDROHEN.
SCHADE ...
IEEEH!!
ES IST ICHIRO DER EINSAME!
WAAAAH!!

WAAAH! ICHIRO HAT EINEN DÄMON BESCHWOREN, UM UNS ZU TÖTEN!
BITTE...
LASS UNS WEITER-GEHEN.
I-ICHIRO?
MATSUYO?

BRAUCHST ... BRAUCHST DU HILFE, ICHIRO?
HILFE?
NEIN, NEIN! DAS IST EIN GUTER DÄMON!
KEINE ANGST!
ABER VIELLEICHT BELÜGT ER DICH!
DAS IST FIGARU, ER ARBEITET FÜR PRIESTER SHIDAN.
ER IST WIRKLICH EIN GUTER DÄMON!
HAHA, KEINE SORGE!
PRIESTER SHIDAN? AH!
DIESES MÄDCHEN SCHIEN KEIN FEIND ZU SEIN.
MATSUYO... JA. WIR HABEN DENSELBEN UR-GROSSVATER. IHRE GROSSMUTTER HAT ABER IN EINE ANDERE KASTE EINGEHEIRATET.
SIE WAR NIE GEMEIN ZU MIR...
... ABER SIE HAT AUCH NOCH NIE MIT MIR GESPROCHEN.

ICH SCHÄTZE ES IST GUT GE-LAUFEN?
HAH HA HA!
SIE HATTEN PANISCHE ANGST VOR IHM! HA HA! NIEMAND HAT AUCH NUR EIN WORT GESAGT!
HEH!
HAST DU DIE SÜSSKAR-TOFFEL VON MEINEM GELD GEKAUFT?
MATSUYO HAT MIT MIR GE-REDET!
SIE HAT SICH SORGEN UM MICH GEMACHT!
MATSUYO, SAGST DU?

JA. VOR ZWEI JAHREN.
SIE IST IMMER NOCH UNVER-HEIRATET, WEISST DU...
W-WIRK-LICH??
HATTEST DU IHR NICHT EINEN ANTRAG GEMACHT?
DU SIEHST WUNDER-SCHÖN AUS, WENN DU DEIN HAAR OFFEN TRÄGST.
OH? FINDEST DU?
HEH, ICHIRO!
GRÜSST MICH NICHT! ICH BIN NICHT EUER FREUND!
ACH, JETZT SEI DOCH NICHT SO!
WILLST DU UNS DIESEM MÄCHTIGEN DÄMON NICHT VORSTELLEN?

Pssh!
Ssst
Psst
Ooh!
Murmur
Murmr
SAG, ICHIRO ...
WÜRDE UNS DEIN DÄMON VERTEIDIGEN, WENN UNSER DORF AN-GEGRIFFEN WÜRDE?
OH JA - ER IST EIN MÄCHTIGER DÄMON!
WAS FÜR EIN DÄMON IST ER?
ÄH... EHM ...
WIE HAST DU IHN KENNEN GE-LERNT?

JETZT MACHT ES MIR SPASS, INS DORF ZU GEHEN!
DAS FREUT MICH SEHR.
I-ICHIRO?
KÖNNTE VATER DEINEN DÄMON KENNEN LERNEN?
AU!
ER IST NICHT MEIN DÄMON.
DOCH, DAS BIN ICH.
ZWICK
Blah!
Blah!
Blah!

WO HAST DU DEN REIS HER?
DAS WAR EIN GESCHENK AN FIGARU.
DANN IST ES MEIN REIS!
Ha ha ha!
ABER ICH FÜTTERE FIGARU FÜR DICH!
Klopf
SIEH NACH, WER DA IST, FIGARU!
SOLL ICH?
JA, JA, DIE DORF-BEWOHNER KENNEN DICH JA JETZT.
OH, FRÄULEIN MATSUYO.
HERR FIGARU ...
IHR MÜSST MIR NICHTS MEHR SCHENKEN...
ÄH... NA JA... EIGENTLICH...
...IST DAS FÜR ICHIRO.

ES GEHÖRTE MEINER UR-GROSSMUTTER!
OH?! WAHNSINN!
Ha ha ha!
KOMM BALD MAL WIEDER!
Ha ha ha! WERDE ICH!
HA HA! OH MANN... HEY, WAS FÜR EINE ÜBER-RASCHUNG!
Ha ha ha!

WEISST DU, WENN DU SIE JETZT FRAGEN WÜRDEST, WÜRDE SIE DICH HEIRATEN ...
GLAUBT IHR?
OH NEIN, SIE WÜRDE MICH NIEMALS NEHMEN.
DU SOLLTEST IHR EINEN ANTRAG MACHEN, ICHIRO.
FIGARU ...
DU WILLST EINE FRAU HEIRATEN UND EINE FAMILIE GRÜNDEN.
WIE JEDER MANN.
JA.

DANN WERDE ICH SOFORT NACH EINEM HEIRATS-VERMITTLER SUCHEN!
DU... DU WÜRDEST UNS DEINEN SEGEN GEBEN?
NATÜRLICH. ICH BLEIBE AUF EWIG DEIN FREUND.
Ah ha ha!

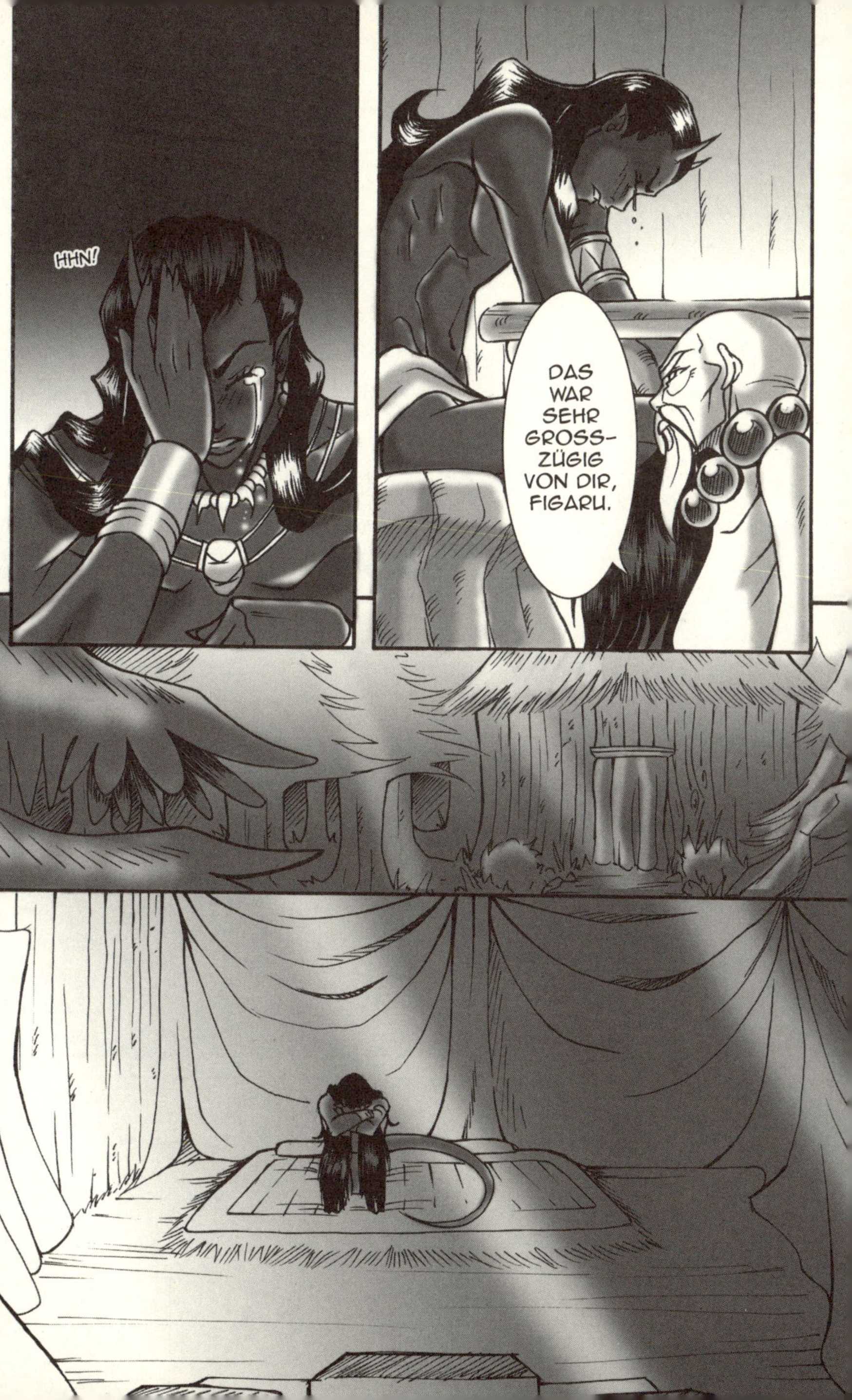
HHN!
DAS WAR SEHR GROSS-ZÜGIG VON DIR, FIGARU.

DIE FAMILIEN FEIERN IMMER NOCH.
HABT IHR MEIN GESCHENK ÜBER-BRACHT?
MHM.
ER WOLLTE, DASS DU DABEI BIST.

LANGSAM. WENN ES SICH ZU SCHNELL FÜLLT, DANN-
KRACK
VERDAMMT!
ES TUT MIR LEID! ICH WERDE ES REPARIEREN.
ES IST SCHON EINEN HALBEN MONAT HER!
DU HAST SO GETAN, ALS WÜRDE ES DIR GUT GEHEN, ALS ER GESTERN ZU BESUCH KAM.
ABER ES GEHT DIR NICHT GUT!
ICH WERDE SEINE FREUDE NICHT TRÜBEN.
UND WAS IST MIT DIR? DEINE TRAUER MACHT DICH KRANK!

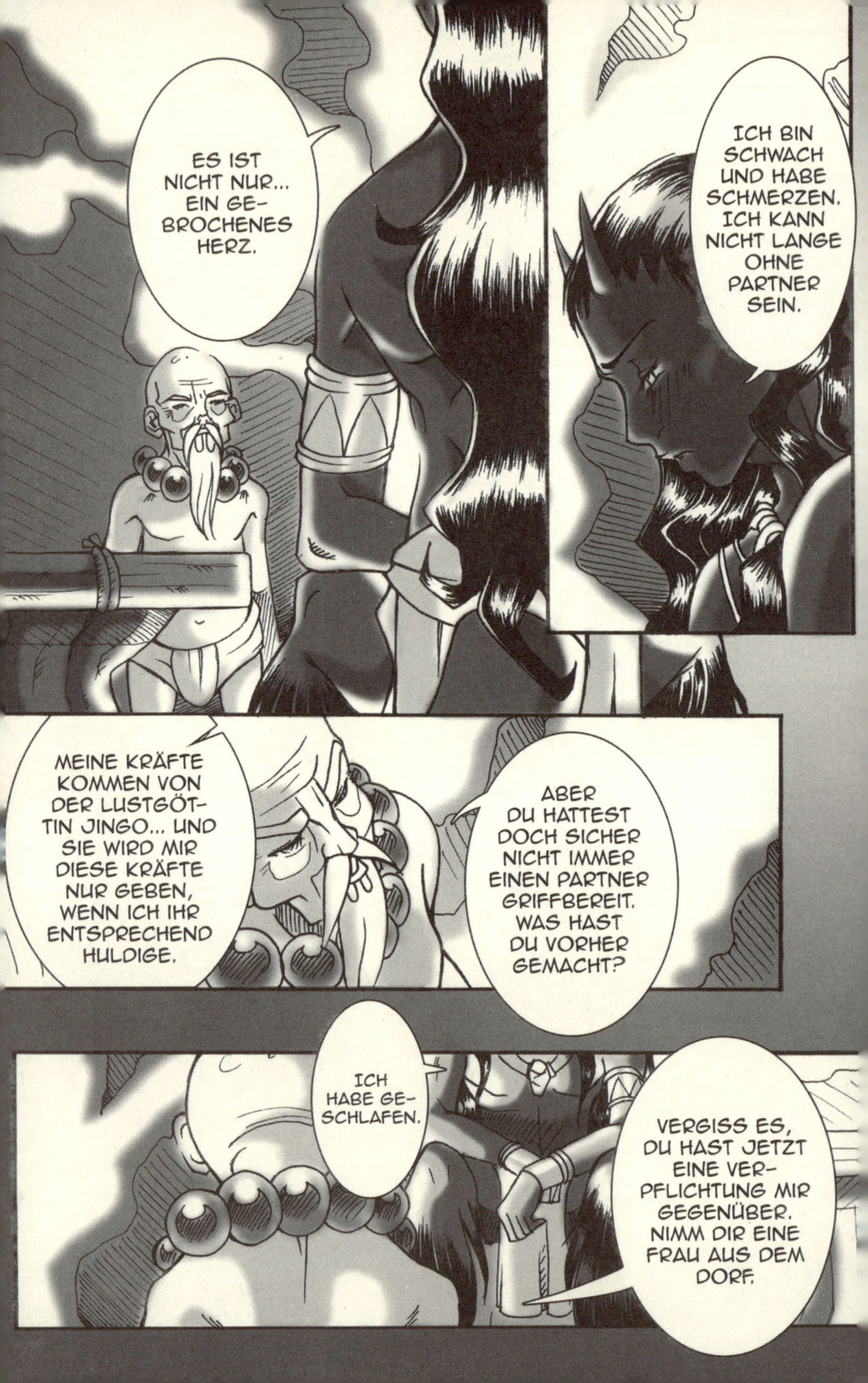
ICH BIN SCHWACH UND HABE SCHMERZEN. ICH KANN NICHT LANGE OHNE PARTNER SEIN.
ES IST NICHT NUR... EIN GE-BROCHENES HERZ.
MEINE KRÄFTE KOMMEN VON DER LUSTGÖT-TIN JINGO... UND SIE WIRD MIR DIESE KRÄFTE NUR GEBEN, WENN ICH IHR ENTSPRECHEND HULDIGE.
ABER DU HATTEST DOCH SICHER NICHT IMMER EINEN PARTNER GRIFFBEREIT. WAS HAST DU VORHER GEMACHT?
ICH HABE GE-SCHLAFEN.
VERGISS ES, DU HAST JETZT EINE VER-PFLICHTUNG MIR GEGENÜBER. NIMM DIR EINE FRAU AUS DEM DORF.

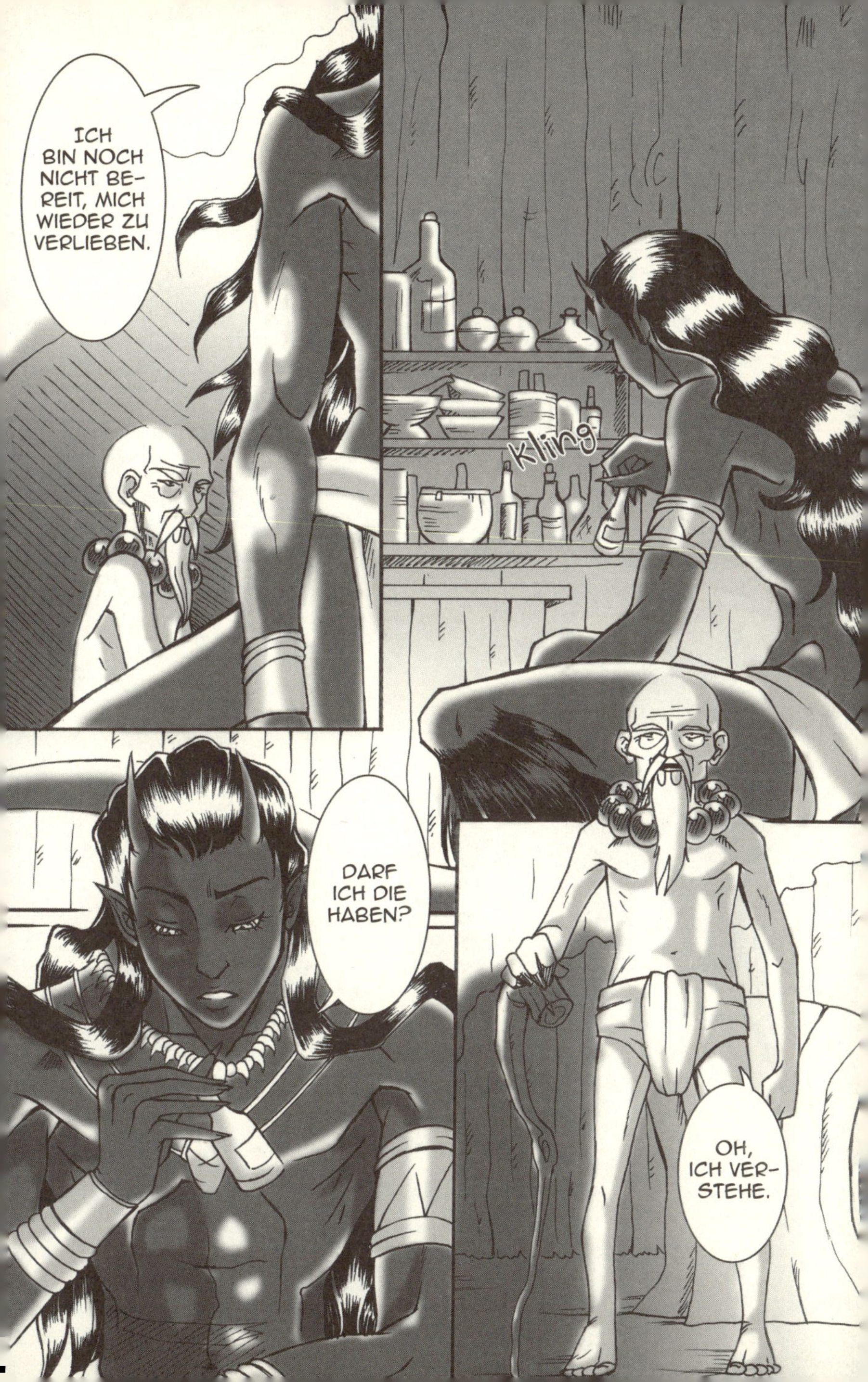
ICH BIN NOCH NICHT BE-REIT, MICH WIEDER ZU VERLIEBEN.
kling
DARF ICH DIE HABEN?
OH, ICH VER-STEHE.

HEHE.
IRGENDETWAS HAT MICH HIERHER GELOCKT. DU WARST DAS ALSO, MEINE HÜBSCHE...
AHH!!
WAS?!

BRUDER DÄMON...
W-WARUM HAST DU MIR EINE FALLE GESTELLT?
UM MIT DIR ZU SCHLAFEN.
DU... WILLST...
RUMMS
UH!
ICH... DAS WÜRDE MIR GEFALLEN... ALLERDINGS HATTE ICH BISHER NUR FRAUEN... UND...

HEUTE NACHT WIRST DU DIE FRAU SEIN.
Mmph!
WIE DU WILLST.
ABER TU MIR NICHT WEH. ICH GEBE MICH DIR HIN.

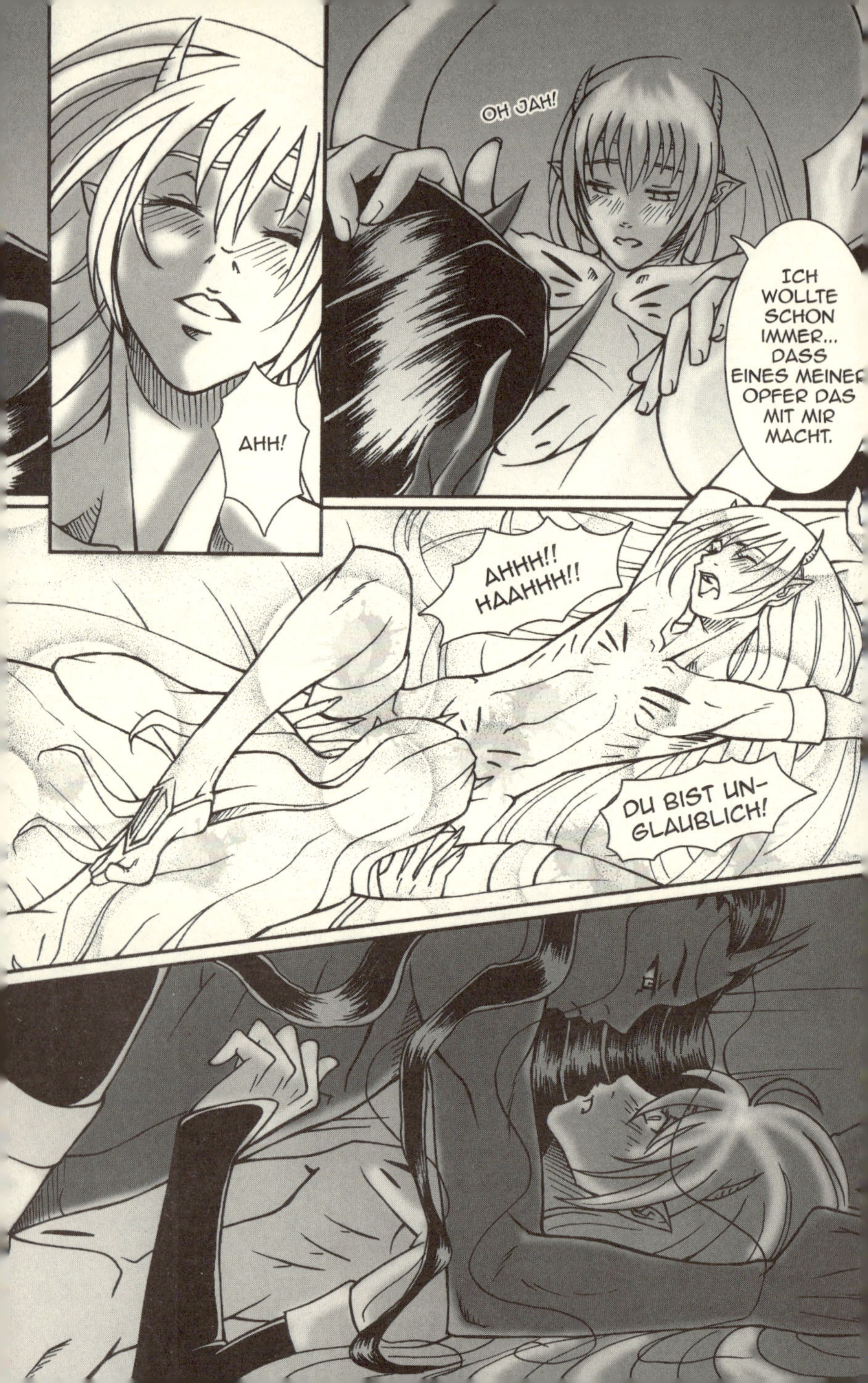
AHH!
OH JAH!
ICH WOLLTE SCHON IMMER... DASS EINES MEINER OPFER DAS MIT MIR MACHT.
AHHH!! HAAHHH!!
DU BIST UN-GLAUBLICH!

HAH!!
B... BITTE MACH LANGSAM ... BRÜDER DÄMON!
HMPH!

HMM...
EINE BLUT-KETTE?
AH!
HABE ICH DICH NICHT BEFRIEDIGT, BRUDER DÄMON? WARUM HÄLTST DU MICH GE-FANGEN?

BRUDER DÄMON!
WENN DU MICH HIER BE-HALTEN WILLST, MUSST DU MICH FÜTTERN.
ICH TRINKE STERB-LICHE SEELEN.
NEIN.
ABER DANN... WERDE ICH VER-WELKEN.
DANN WERDE ICH MIR EINEN NEUEN FANGEN.

♪
...
WENN DIESER INKUBUS SCHWACH WIRD...
... WIRST DU IHN ERLÖSEN?
NEIN, PRIESTER SHIDAN.
ICH WERDE ES BENUTZEN, BIS ES SICH IN MEINEN ARMEN AUFLÖST.
"ES"?
AHHH!
UHH!

HAH!
HNN!
DU ZEHRST VON MIR... ABER DU ERNEU-ERST MICH NICHT...
ICH TÖTE MEINE OPFER NICHT IMMER ...
MANCH-MAL TRINKE ICH VON IHNEN ...
UND LASSE SIE SCHLAFEN ...

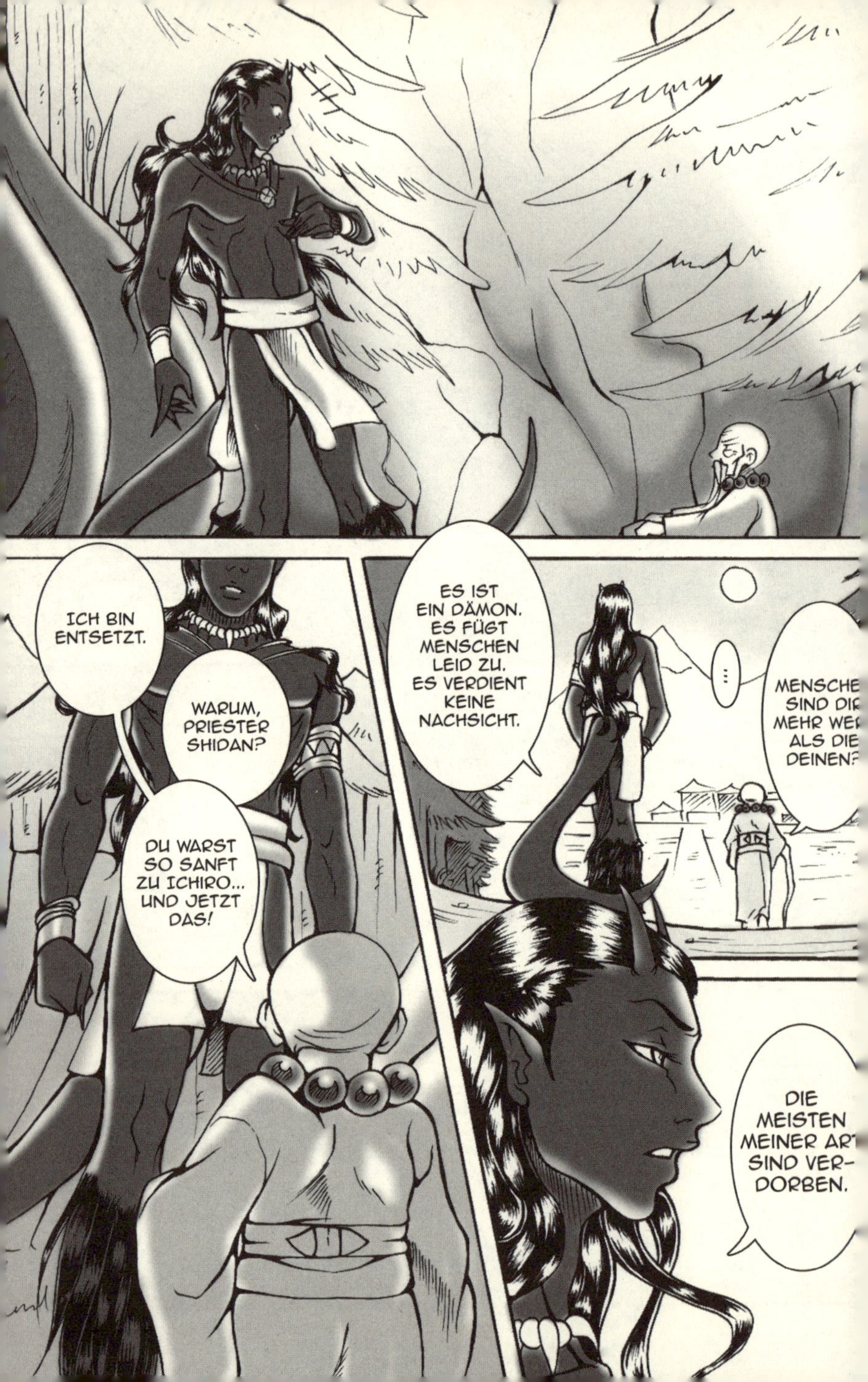
ICH BIN ENTSETZT.
WARUM, PRIESTER SHIDAN?
DU WARST SO SANFT ZU ICHIRO... UND JETZT DAS!
ES IST EIN DÄMON. ES FÜGT MENSCHEN LEID ZU. ES VERDIENT KEINE NACHSICHT.
...
MENSCHE SIND DIR MEHR WER ALS DIE DEINEN?
DIE MEISTEN MEINER ART SIND VER-DORBEN.

ICH... WERDE MICH DIR NICHT LÄNGER HINGEBEN.
DU BIST ZU SCHWACH, UM DICH ZU WEHREN.
DU BIST GRAUSAM. GRAUSAMER ALS ICH.
HIER.
BASTARD!
CRASH

WARUM KOMMT NIEMAND?
AHHHH!!!
HAAAHHHAAA!
HÖRT MICH DENN KEINER?
AHHHH!!!
HM?
FINDE EINEN FREI-WILLIGEN, UM DIESES DING ZU FÜTTERN!
BITTE! IRGEND-JEMAND!
ICH VER-STEHE DEINE SYMPATHIE NICHT.
ICH HABE NICHT GE-WUSST, DASS SO EINE SEITE AN DIR EX-SISTIERT!

H-HILF MIR...
ER HAT ES GEFANGEN, UM SEINE BEDÜRFNISSE ZU BEFRIEDIGEN.
ER WIRD ES BENUTZEN, BIS ES ZU STAUB ZERFÄLLT.
ICH WOLLTE ES DIR EIGENTLICH NICHT ZEIGEN... ABER WEGEN DIR IST ER GRAUSAM GEWORDEN.
DU HAST IHN VERLETZT, ICHIRO.
... FIGARU ...
ICHIRO.

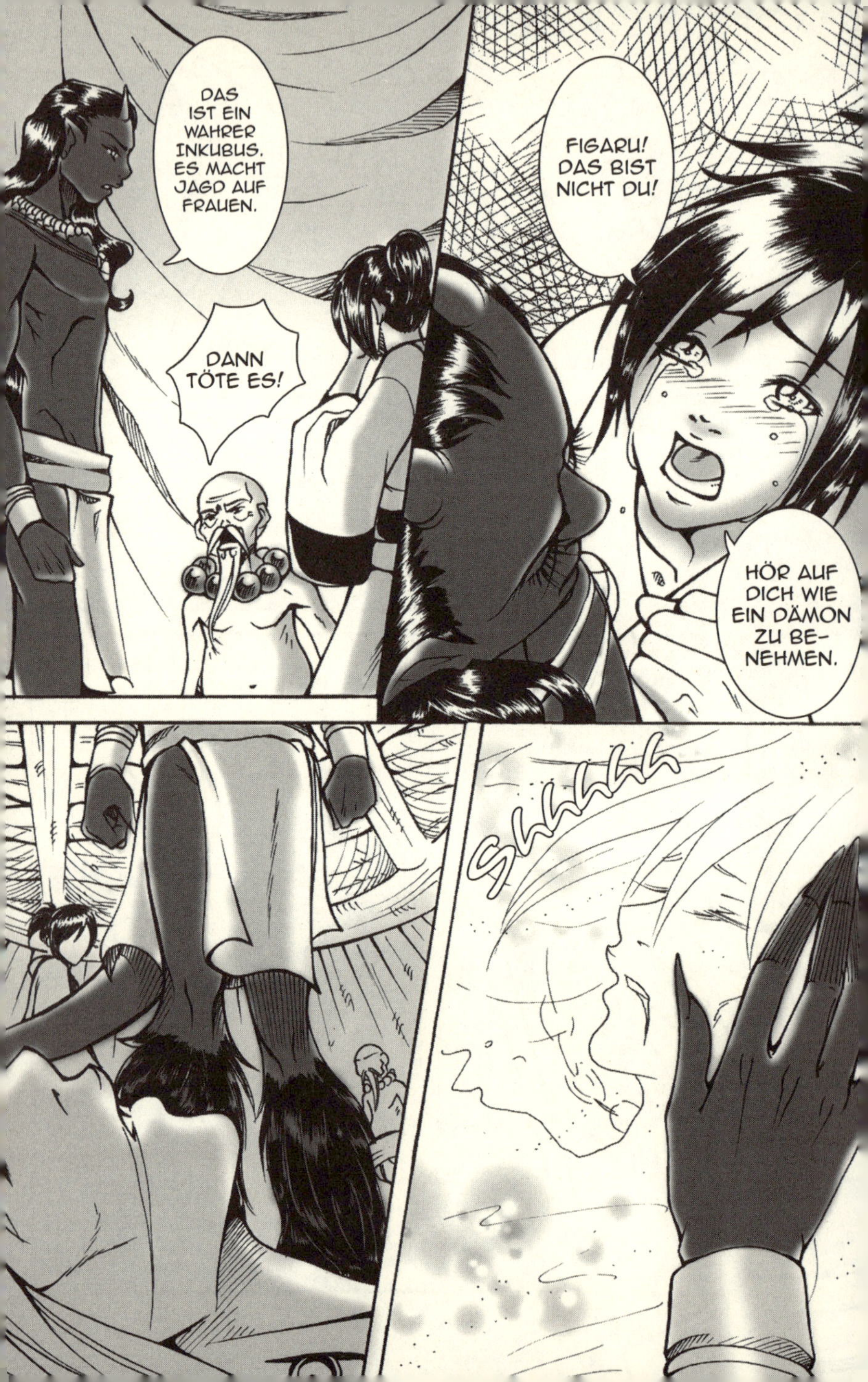
DAS IST EIN WAHRER INKUBUS. ES MACHT JAGD AUF FRAUEN.
DANN TÖTE ES!
FIGARU! DAS BIST NICHT DU!
HÖR AUF DICH WIE EIN DÄMON ZU BE-NEHMEN.
Shhhhh

FIGARU.. ES TUT MIR LEID!
HH!
DU BIST EIN GESCHÖPF DER LIEBE.
BITTE, TEILE DIESE LIEBE WIEDER.
"ICH WEISS... ES GIBT JEMANDEN FÜR DICH.
WIR SOLLTEN DIESES DING SCHNELLST-MÖGLICH VON PRIESTER SHIDAN REPARIEREN LASSEN...
JA, NACHDEM WIR KIYOKO ZURÜCK INS DORF GEBRACHT HABEN.

...UND WEITERE BOYS LOVE- &
YURIMANGA, ROMANE,
ANTHOLOGIEN UND ARTBOOKS VON
DEUTSCHEN UND INTERNATIONALEN
ZEICHNERN UND AUTOREN.

WWW.YAOISHOP.DE

Onlineversand für Yuri-, Yaoi- und Bishounen-Merchandise

Poster Lesezeichen Buttons Con-Books
Taschen Geldbeutel Schlüsselanhänger uvm.

zzzth

WARUM ZERFÄLLT ES NICHT?
DER BÄR WAR BESESSEN.
DIESER TEIL WIRD GANZ NATÜRLICH VERROTTEN.
BITTE, NEHMT DIESE GABE!
DAS IST NICHT NÖTIG!
IHR HÄTTET EIN PAAR SAMURAI BEAUF-TRAGEN KÖNNEN
ANSTATT UNS DAMIT ZU BE-HELLIGEN.
EIGENTLICH IST DIES HIER DAS ANGEBOT, DASS IHR IN DAS DORF MEINES BRUDERS GEHT...
... UND EUCH UM SEINEN DÄMON KÜMMERT.

WAS!?
EIN FEUER-DÄMON TERROR-ISIERT DAS DORF.
WO LIEGT SEIN DORF?
DREI TAGE IN RICHTUNG DER SCHILD-KRÖTE.
KOMMT NICHT IN FRAGE! WIR RICHTEN UNS NACH DEM PHOENIX!
FUYU...
ES SIND NUR NOCH ZWEI TAGE BIS ZU DEM DORF VON... DIESES MÄDCHENS!
KIYOKO.
UND DANN NOCH EINEN WEITEREN TAG, UM ZU DEM HEILIGEN ZU KOMMEN, DAMIT ER DIE WAFFE REPA-RIERT!
DAS KANN WARTEN.
ES IST UNSERE AUFGABE, FUYU.
ES IST NICHT MEINE AUF-GABE.
WENN DU MICH SCHON ZWINGEN WILLST, EIN HELD ZU SEIN, GIB MIR WENIGSTENS EINE AN-STÄNDIGE WAFFE.
ES WIRD GEHEN.
DAS LEBEN DER MENSCHEN IST WICHTIGER!
WELCHES LEBEN? ES SIND NUR BAUERN.
WAS FÜR EINEN WERT HAT IHR LEBEN?

HUH?
OH.
SEIT WANN BIST DU DENN HIER, KYOTO?!
NATÜRLICH WERDEN WIR DEM DORF EURES BRUDERS HELFEN.
UND BEHALTET DAS GOLD.
OH... DAS GOLD NEHME ICH!
UND GEBT UNS ESSEN UND UNTER-KUNFT.
ES IST ZU SPÄT, WIR BRECHEN MORGEN AUF.
FUYU-..!!
NEIN, ES WÄRE MIR EINE FREUDE! BITTE BLEIBT IN MEINEM HAUS!
SCHEINT SO, ALS WÜRDEST DU BEKOMMEN, WAS DU WILLST.
WIE IMMER.

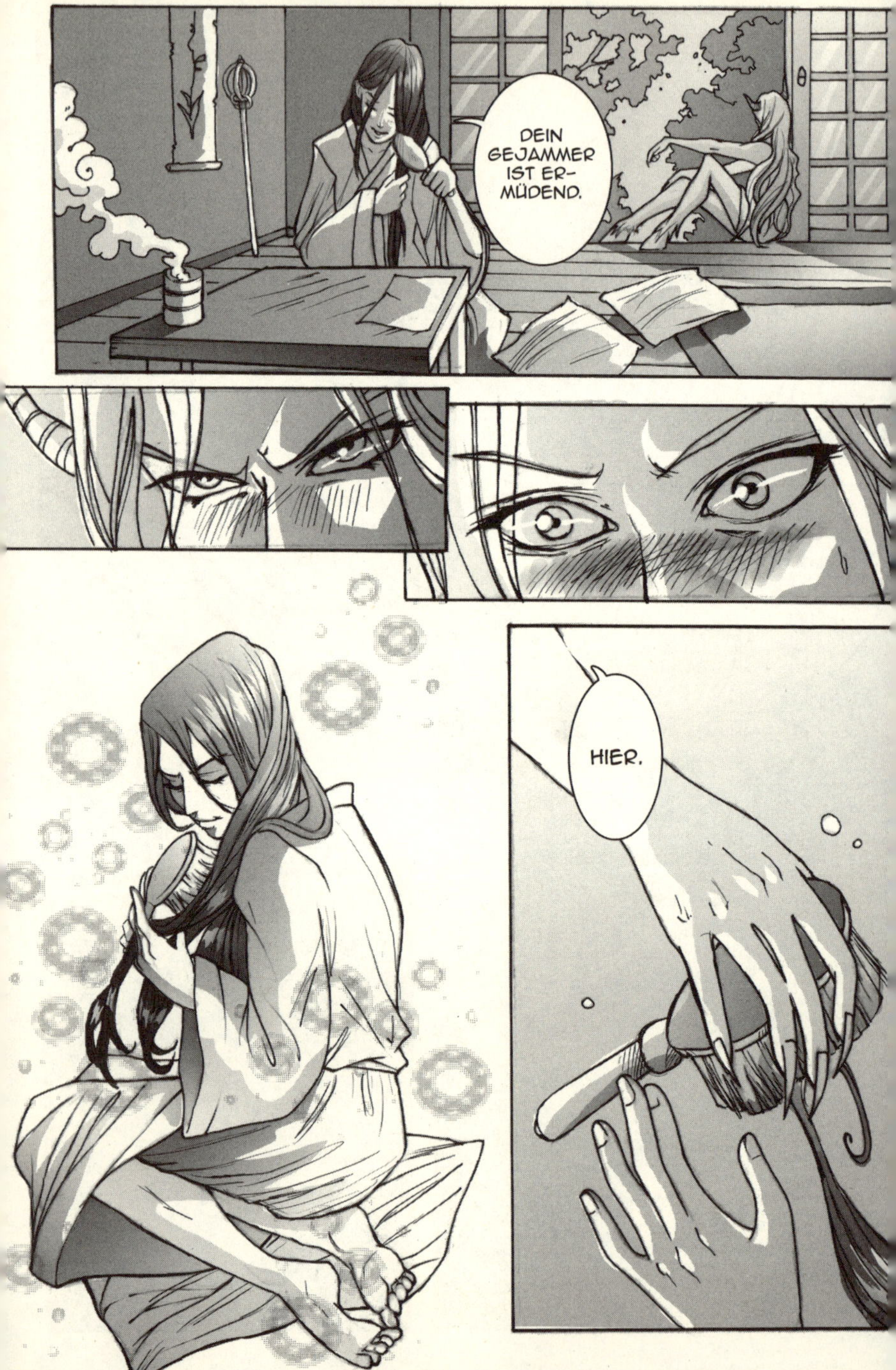
DEIN GEJAMMER IST ER-MÜDEND.
HIER.

ES GIBT KEINEN GRUND, WESHALB DU MIR BÖSE SEIN SOLLTEST.
HM?
ICH TUE ALLES, WAS DU WILLST.
ALLES, WAS DIR GEFÄLLT.
HA.
WILLST DU MIR NICHT AUCH GE-FALLEN?
LASS UNS DIESE ZWEISAM-KEIT...
FUYU...

... ICH GLAUBE NICHT, DASS ICH DAS KANN.
HAB KEINE ANGST.
ICH KANN DIR LUST BEREITEN, OHNE BÖSE ERINNERUNGEN ZU WECKEN.
MIT MEINEN FINGERN... MEINER ZUNGE...
HAT DIR DAS NICHT GEFALLEN?
ICH WEISS ES NICHT... VIELLEICHT, WEIL ES SO ANDERS WAR ...
...ALS DAS, WAS VORHER PASSIERT IST..
ODER WEIL DU MICH ÜBERRASCHT HAST.
LASS ES UNS HERAUSFINDEN.

HNN!
WAS...
WAS HAST DU VOR?
SCH.
AAH!
AAH!

AHH!
FUYU!
AHH!
UHNN!
HAH!
OH, WIE ICH ES LIEBE, WENN ER STÖHNT!
AHH!
NEIN.
FUYU...
BITTE!
WIE ER SICH WINDET...
SEIN KÖRPER IST SO SÜSS...

HÖR AUF!
AHNGH
ICH HALTE DAS KEINE SEKUNDE LÄNGER AUS!
DUMMKOPF, DAS WILL ICH DOCH GAR NICHT!
MHPF!
GEH WEG!
AAHHH!
ER VERSUCHT SO SEHR, SICH ZURÜCK-ZUHALTEN...
SEINE LENDEN GLÜHEN.

MHPF!
schluck
PUHH!
keuch
keuch
keuch
schleck

DU MUSSTEST DOCH NI-
SEI NICHT DUMM.
BEREIT FÜR MEHR?
WAG ES JA NICHT, MICH ANZUFASSEN!
ICH BIN EMPFINDLICH.
Heh heh.
WIE KONNTEST DU JEMALS KEUSCH SEIN?
DU BIST VIEL ZU SENSIBEL UND SINNLICH.
WAS KANN ICH...
...FÜR DICH TUN?

ICH WILL MIT DIR SCHLA-FEN.
BEMÜH DICH NICHT, MIT ZITTERNDEN HÄNDEN HERUMZU-FUMMELN.
DAS BE-FRIEDIGT MICH NICHT.
ICH WILL DICH NAGELN.
BALD WERDE ICH DICH GANZ BESITZEN.
ICH WERDE MICH MIT NICHTS ANDEREM ZUFRIEDEN GEBEN, AUSSER DEINEM KÖRPER, DER SICH UNTER MIR WINDET.
ICH KANN NICHT MEHR WARTEN.
NICHT MEHR LANGE.
ENDE

WINTER DEMON
BONUS STORY 2
VON LE PERUGGINE
AUF IHREM WEG MACHTEN UNSERE DREI FREUNDE IN EINEM DORF HALT, DAS SIE VON BÖSEN DÄMONEN BEFREIT HATTEN.
BOOM BA BOOM BA
?
WAS ZUR HÖLLE...
WAS IST DAS FÜR EIN GERÄUSCH...?!
BOOM BA BOOM BA
ES KOMMT AUS DIESEM DING...
BOOM BA BOOM BA BOOM
WÄHRENDDESSEN IM INNEREN DER WAFFE...
BOOM BA BOOM BA

BAND 3 ERSCHEINT ZUR LEIPZIGER BUCHMESSE 2010

DIE SPANNUNG STEIGT!
HAKUINS WIDERSTAND GEGENÜBER SEINEM VERLIEBTEN DÄMON BRÖCKELT.

UM FUYUS WAFFE REPARIEREN ZU LASSEN, SUCHEN HAKUIN UND FUYU ERNEUT PRIESTER SHIDAN AUF. DORT BEGEGNEN SIE FIGARU, EINEM INKUBUS, DER SHIDAN DIENT UND DER SICH DRINGEND PAAREN MUSS, UM SEINE KRÄFTE ZU ERNEUERN.
ALS SHIDAN UND HAKUIN AUF EINER MISSION IN GROSSE GEFAHR GERATEN, IST FUYU BEI IHRER RETTUNG AUSGERECHNET AUF FIGARUS HILFE ANGEWIESEN ...

WIE WEIT WIRD FUYU FÜR SEINEN GELIEBTEN MÖNCH GEHEN?

UND WIRD HAKUIN SEINEN LIEBESBEWEIS ANNEHMEN?

WINTER DEMON 3
DU HAST MEINE ERLAUBNIS
DIE WILL ICH ABER NICHT!

PREVIEW

Lemon Law 02

DER ZWEITE BAND UNSERER FSK-18 ANTHOLOGIE "LEMON LAW" ENTHÄLT ZWEI SPANNENDE, WUNDERSCHÖN ILLUSTIERTE KURZGESCHICHTEN VON ANNE "LAIL" DELSEIT (ILLUSTRIERT VON SIA UND SLIPPEDDEE) UND 4 ABWECHSLUNGSREICHE MANGABEITRÄGE VON LISA SANTRAU, ASTASIA, CONNY "CHIWA" BRODTBECK UND NIKI SMITH.

DIE NÄCHSTEN 15 SEITEN SIND TROTZ DER WESTLICHEN ANORDNUNG IN JAPANISCHER LESERICHTUNG.
WIR HOFFEN, ES IRRITIERT EUCH NICHT ZU SEHR WESTLICH ZU BLÄTTERN UND DOCH VON RECHTS NACH LINKS ZU LESEN.

VIEL SPASS MIT DER FOLGENDEN 7-SEITEN-PREVIEW VON ASTASIAS "CARVED IN STONE" AUS LEMON LAW 2.

EURE FIREANGELS REDAKTION

ZUSÄTZLICH ENTHALTEN: 2 HOCHGLANZ POSTKARTEN VON SLIPPEDDEE

ISBN-13:
978-3-939309-15-4

DIE KÜSTE SCHOTTLANDS. 1860
INSELN HABEN KEIN HERZ, SIR. GENAU WIE DER TEUFEL...!
STIMMT ES, WAS MAN SICH ÜBER DIESEN ORT ERZÄHLT? „DIE INSEL DES GEBROCHENEN HERZENS"...
...
HA HA

BYE!
BIST DU NICHT, ALISTAIR.
ICH WEISS. ES MUSS SCHWER FÜR DICH SEIN JETZT HIER ZU STEHEN. ABER ICH BIN HIER. ICH BIN DEINE FAMILIE.
BEEIL DICH, DAMIEN. ES IST SCHON SPÄT. DAS HAUS WARTET.
MEINE MUTTER HATTE IMMER ANGST VOR DEM MEER...

DIESER ORT SIEHT AUS, ALS WÄRE ER ÜBER 1000 JAHRE ALT.
„INSEL DES GEBROCHENEN HERZENS...
?
...

WAS ZUR HÖLLE TUST DU DA?!
DAMIEN!!
DAMIEN?
MACH DAS NICHT NOCH MAL! WAS IST MIT DIR LOS?
LASS UNS GEHEN!
WAS?! WARTE... WARUM?
FASS MICH NICHT AN!

DANN SPRICH MIT MIR! ICH BIN HIER, DAMIEN! BEI DIR...
ICH KANN DEIN SCHWEIGEN NICHT ERTRAGEN. DU HATTEST NIE GEHEIMNISSE VOR MIR...!
ICH HABE NIEMANDEN, MIT DEM ICH REDEN KANN ...
...
LASS MICH DOCH WENIGSTENS EINMAL ALLEIN!
!
WÜRDEST DU DAS WIRKLICH TUN? WOLLTEST DU WIRKLICH SPRINGEN?

PREVIEW

Lemon Law 02

HIER ENDET DIE LESEPROBE VON ASTASIAS "CARVED IN STONE". WENN IHR WEITERLESEN MÖCHTET KÖNNT IHR DEN MANGA ÜBERALL UNTER DER ISB-NUMMER 978-3-939309-15-4 BESTELLEN

ES FOLGT NOCH EINE WEITERE LESEPROBE AUS "LEMON LAW 2"

DIE NÄCHSTEN 7 SEITEN SIND TROTZ DER WESTLICHEN ANORDNUNG IN JAPANISCHER LESERICHTUNG.
WIR HOFFEN, ES IRRITIERT EUCH NICHT ZU SEHR WESTLICH ZU BLÄTTERN UND DOCH VON RECHTS NACH LINKS ZU LESEN.

VIEL SPASS MIT DER FOLGENDEN 7-SEITEN-PREVIEW VON CONNY "CHIWA" BRODBECKS MANGA "SPHINX" AUS LEMON LAW 2.

EURE FIREANGELS REDAKTION

CONNY „CHIWA" BRODTBECK

Blök
Blök
WIE LANGWEILIG... TAGEIN TAGAUS DIESELBEN SCHAFE.
ABER... WAS IST DAS?!

PACK
HE DU!!
MÄHH!!
LASS SOFORT DAS LAMM LOS, DU UNTIER!

Blök Blök
ICH FASSE ES NICHT... ICH STEHE HIER UND DROHE EINEM SPHINX... DER WIRD MICH FRESSEN!

WAG ES NICHT, DICH MEINEN SCHAFEN NOCH EINMAL ZU NÄHERN!
MEIN ANTLITZ UND MEIN VERSTAND MÖGEN DER EINES MENSCHEN SEIN...
...DOCH MEIN KÖRPER IST DER EINES RAUBTIERS. UND DIESEM VERLANGT NACH FLEISCH.

DANN FANG DIR DOCH EINEN HASEN ODER EINEN STEIN-BOCK!!
WENN ICH DEINE DUMMEN TRÄGEN SCHAFE VOR MIR HABE, WES-HALB SOLLTE ICH MIR DANN NOCH DIE MÜHE MACHEN, EINEN FLIN-KEN HASEN ZU FANGEN?
ABER MEI-NE FAMILIE BRAUCHT JE-DES EINZELNE DIESER SCHAFE. DEREN WOLLE, DEREN MILCH...
...DEREN FLEISCH?

PUH... ER HAT MIR NICHTS GETAN... ICH BIN NOCH AM LEBEN...
JA, MANCH-MAL AUCH DAS. ABER IN ERSTER LINIE BRAUCHEN WIR UNSERE SCHA-FE LEBEND. ALSO LASS SIE BITTE IN ZUKUNFT IN RUHE!
ZITTER

EINIGE TAGE SPÄTER
DA IST ER WIEDER, DER SPHINX. ICH SEHE IHN IN LETZTER ZEIT OFT HIER HERUMSCHLEICHEN.
ABER ICH GLAUBE NICHT, DASS ER MIR ETWAS ANHABEN WILL.
SONST HÄTTE ER DAS LÄNGST GETAN.
FORTSETZUNG FOLT IN LEMON LAW 2!

IN KÜRZE ERHÄLTLICH!

Fear Tango

Boys Love Serie

An einem regnerischen Tag begegnen sich Neal, Mitglied des irischen McHugh-Clans, und der italienische Mafiosi Crowe Gigante zufällig bei einem Spaziergang. Zunächst denkt sich Neal nichts weiter dabei - bis die Gigantes den McHughes plötzlich die Hand zur Freundschaft reichen. Was bezweckt Crowe Gigante?

Trotz Ungewissheit wächst die Freundschaft der beiden Männer mit jeder Begegnung - auch wenn sie grundverschieden sind. Und als ein Familienmitglied Crowe in den Rücken fällt, soll ihm ausgerechnet ein Treueschwur des ungestümen Iren das Leben retten. Mit weit reichenden Konsequenzen ...

Fear Tango ist eine Geschichte über Verrat, Liebe und Freundschaft in der Welt des organisierten Verbrechens.

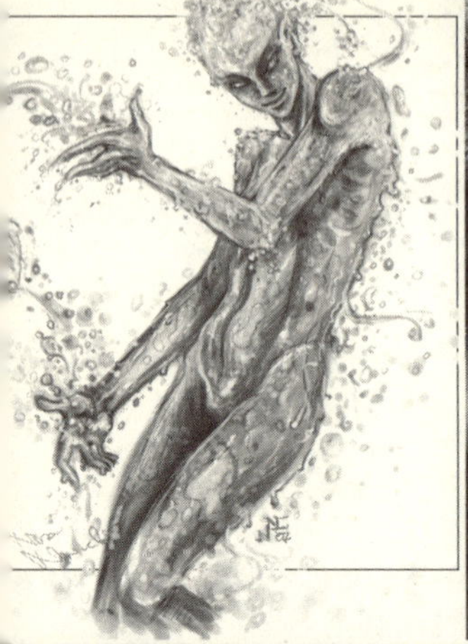

Master Gilbert? Was tun sie denn hier? Es ist doch schon so spät.
beiß

JETZT ERHÄLTLICH!

Lemongrass
Artbook

Aziell, Diana "Crow" Liesaus, Delusion,
Eru Nuo, SlippedDee, Zel

„Lemongrass" ist eine Kollektion anspruchsvoller Kunst und prickelnder Erotik, die ausschließlich für unsere erwachsenen Fans zusammengestellt wurde.

184 Seiten; A4; Fadenbindung
Hochglanz Bildband

"[...] Auch die Künstlerauswahl begeistert auf ganzer Linie und „Lemongrass" gelingt es nicht nur sämtliche, westliche Publikationen seiner Art zu übertreffen, sondern stellt auch so manches japanische Shonen-Ai Artbook in den Schatten. Zugreifen und auf weitere Artbooks vom Fireangels Verlag hoffen..."
Juliane Seidel, Like A Dream (www.like-a-dream.de)